「ん？・何？・見惚れちゃった？・」

「ふぅん？・ま、そういう事にしておくわ」

マリーア・ハイライン
科学技術の力を背景に勢力を増した新興貴族のお嬢様。

主人公・ライルの幼なじみであり、積極的に好意を寄せている。

月花の歌姫と魔技の王

ライル・バルトシュタイン
「最後の魔女」エルルーア・アゾートの弟子。幼い頃から魔法、科学技術の分野において優れた才能を見せたが、その力の使い方を模索している。
「この期に及んで何を!」

「さて――ライルくん。
改めて問う。俺に力を貸してくれないか?」
ヴィルヘルム・ゼスト
学生の身にして名門貴族の家督を継いだ若き俊才。
ライルの能力を高く評価し、己の支配下に置こうと目論んでいる。

ルーナリア・D・ネブラブルート
生まれつき強大な魔力を持つ幻想種《ファンタズマ》《夜闇の血族《ノスフェラトゥ》》のお姫様。
偶然街でライルに助けられ、秘書としてライルに仕えることになる。
「……ライル様が、
私の新しい所有者《あるじ》ではないのですか?」

月花の歌姫と魔技の王

翅田大介

HJ文庫
383

口絵・本文イラスト　大場陽炎

目次

序章　最後の魔女《まじょ》

その女性《ひと》は僕《ぼく》に《最後の魔女》と名乗った。

喪服《もふく》みたいな黒い服に、灰を被《かぶ》ったようなくすんだ白髪《はくはつ》。たしかに〝魔女〟らしい外見だったが、彼女《かのじょ》の瞳《ひとみ》に宿るのは神秘さとは無縁《むえん》の人懐《ひとなつ》っこさだった。

「よろしくね、ライル・バルトシュタイン」

差し出された手を握《にぎ》り返すと、《魔女》は満面の笑《え》みで僕の不安を吹《ふ》き飛ばした。

僕はエル──もちろん《魔女》にも本名があり愛称《あいしょう》がある──に、

「本当に魔女なの？」

と問うた。

エルの棲家《すみか》は森の奥《おく》の隠《かく》れ家《が》ではなく日当たりの良いお屋敷《やしき》で、そこで働く人々もお伽《とぎ》噺《ばなし》に登場する妖精《フィエル》や人形《オートマタ》には見えなかった。

その頃《ころ》の僕は《最後の魔女》が稀代の天才科学者に贈《おく》られた異名とは知る由《よし》もなかった。

エルは、そんな幼く無邪気《むじゃき》な僕を、

「さぁて、ね？〝答え〟は貰《もら》うものじゃなくて得るものだよ？」

と、意地悪く笑った。

僕はすぐに屋敷を探検しだした。何の成果も得られない僕をエルは笑い、僕はますますムキになって答えを探し求めた。

ひと月もした頃だろうか。僕は隠し扉《とびら》と地下への階段を見つけた。ランプを持って地下室に入り、僕は快哉《かいさい》を叫《さけ》んだ。そこには疑いながらも期待していた、ガラスの標本入れや古びた書物の並んだ〝魔女の部屋〟があった。

そして、机の上には魔術《まじゅつ》の源とされる神秘の魔《ま》石──『琥珀《こはく》』が転がっていた。

僕は琥珀の一つを握り込んで頭上に掲《かか》げた……が、何も起きなかった。炎《ほのお》どころか明かりすら漏《も》れない。

僕は人目を忍《しの》んで隠し部屋に入り浸《びた》った。羊皮紙の巻き物や手書きの古文書、エルの研究ノートといった書物を片《かた》っ端《ぱし》から読み解いた。

さらにひと月後、僕は琥珀の魔力《まりょく》を呼び覚ます事に成功した。

琥珀から漏れ出す黄昏《たそがれ》色の魔力励起《まりょくれいき》光の輝《かがや》きは、いまでもはっきり覚えている。

「ライル……お前……」

声がして振《ふ》り向くと、エルが顔を驚愕《きょうがく》に染めていた。

「六つ七つの幼子が、暗号を読み解き琥珀の魔力まで……天才、ってヤツか」

その日から、エルは自分を『師匠《せんせい》』と呼ばせた。彼女は厳しい師匠だったけれど、僕がちゃんと覚えると笑いながら頭を撫《な》でてくれた。

僕はエルの笑顔《えがお》が嬉《うれ》しくて、ますます魔術にのめり込んだ。

「でも、ね」

晴れて〝魔女の弟子《でし》〟となった僕に、エルは皮肉げに笑って、

「こんな魔術は、とっくの昔に時代遅《おく》れ。消えるのを待つばかりなのさ」

そう言って、僕を自分の〝仕事場〟に連れて行った。

彼女の仕事場は至る所にパイプが這《は》い、その隙間《すきま》から蒸気が漏れ出す大工場だった。

「見な。あれが世界を変えた機構《からくり》さ」

工場の奥にあったのは、分厚い鉄で造られた巨大《きょだい》な窯《かま》だった。黄味《きみ》の強い黄昏色の炎が、その内側でごうごうと燃え盛っていた。

屈強《くっきょう》な男たちが山と積まれた純度の低い琥珀をスコップで掬《すく》い窯の口へと放《ほう》り込む。火の勢いが増し、窯に接続された太いパイプが蒸気を漏らしながらぶるぶると震《ふる》えた。

「『琥珀炉《アンバー・リアクター》』。蒸気機関を稼働《かどう》させるのに必要な大量の熱エネルギーを取り出す、現在の〈蒸機革命〉の立役者だ。半世紀前、あたしが考え出した。

「――この琥珀炉を組み込んだ蒸気機関の利点、お前はすぐに分かるか？」

「……個人の資質に関係なく、大きなエネルギーを自由に活用できる……」

使い手の個人的資質に左右される魔術と違《ちが》い、この蒸気機関はあくまで機械――馬車や水車と同じもの。正しい扱《あつか》い方さえ学べば誰《だれ》にでも扱えるのだ。

「そう……魔術師《まじゅつし》という限られた一部の人間にのみ引き出されていた琥珀のエネルギーを、誰もが使える〝燃料〟として扱う――再現性のある技術、すなわち『科学』だ」

そうしてエルは、僕に科学を教えはじめた。

科学とは体系化であり、それはさながら世界の因数分解だった。

畏怖《いふ》を込めて《魔女》の名を冠《かん》された天才科学者を教師として、僕は物理や化学、生物学といったあらゆる科学知識を叩《たた》き込まれた。僕は驚《おどろ》きと喜びとともにそれらを理解していった。

……同時に、エルの秘《ひ》めた憂《うれ》いも。

「自分が世界を変える切っ掛《か》けになるってのはなかなか恐《おそ》ろしいもんさ。『何てへんてこな知識《もの》を造り出してしまったんだろう』ってね」

科学によって魔術の時代を終わらせた《最後の魔女》は、そんな風に零《こぼ》した。

「お前も他人事じゃないぞ、ライル」

十三になった僕のレポートを捲《めく》りつつ、エルは予言するように言った。

「──その気になれば、ライル・バルトシュタインの名は歴史に残るだろう。お前には〝力〟がある。場合によっては武力や魔力よりも巨大な〝力〟が。だからライル──お前にはあるかい？　世界を変える覚悟《かくご》が？　世界を変えない覚悟が？」

……その問いを発したおよそ一年後、エル──エルルーア・アゾートは多くの難問と一台の懐中《かいちゅう》時計を僕に残し、ふらりと姿を消してしまった。

一章　最後の魔女の弟子

1

小鳥の不躾《ぶしつけ》な囀《さえず》りで、ライル・バルトシュタインは目を覚ました。

研究室のソファ。顔に載《の》っかっている書類を退《ど》かすと、カーテン越《ご》しの朝日が目を焼く。

「んん……」

寝癖《ねぐせ》の付いた鉄色《くろがねいろ》の髪《かみ》を掻《か》き回し、十六の年齢《ねんれい》に見合わぬ童顔をごしごしと擦《こす》る。

眼鏡《めがね》がないのに気付き、寝《ね》ぼけ眼《まなこ》のライルは手《て》探《さぐ》りで付近を捜索《そうさく》しだした。

「ん……眼鏡眼鏡……」

捜索範囲《そうさくはんい》を拡大すると、鳩尾《みぞおち》辺りに伸《の》ばした手が何か柔《やわ》らかいものを掴《つか》んだ。いったい何だろうとまさぐると、柔らかい何かは手の中でふにふにと形を変えた。

「んにゃ……ぁあん……」

また小鳥だろうか？　今日は変な鳴き声だ。

しかし、この芸術的な弾力《だんりょく》係数の物体は何なのだろうか？

ライルが手を開いたり握ったりして柔らかい何かの感触《かんしょく》を確かめていると、

「い……ゃん……ライルったらぁ……」

今朝の小鳥は本当に変な鳴き声である。しかも名前まで呼んで、南方諸島に生息する鸚鵡《オウム》でも紛《まぎ》れ込んだのか――

「……んんっ？」

ようやく意識が覚醒《かくせい》し、ライルは目を見開いた。

ライルの近眼にもはっきり分かる目と鼻の先にあったのは、鮮《あざ》やかな赤銅色《しゃくどういろ》の髪が飾《かざ》る、さらに鮮やかな美貌《びぼう》だった。繊細《せんさい》な輪郭《りんかく》の細面《ほそおもて》。硬質《こうしつ》に整った顔立ちだが、それ故《ゆえ》にか桜色の唇《くちびる》の柔らかな肉感が、やけに生々しく目に飛び込んでくる。

「なっ、マ――」

ライルは動転して身体を強張《こわば》らせた。

すると当然、ライルの手は柔らかい何かを握り込んでしまうわけで。

「はぅ、んっ……んん、ライルぅ～」

毛布の中でくねりながら、少女が柔らかな体をライルに押《お》し付けてくる。

ライルは悲鳴を上げそうになり――自制心を総動員して、悲鳴を喉《のど》の奥に押し戻《もど》した。

少女にかかった毛布に突っ込んだ右手を慎重《しんちょう》に引き抜《ぬ》くと、まだ柔らかな何かの感触が残った手の平を、少女の幸せそうな寝顔《ねがお》へ翳《かざ》し――

「んん……………んにゃっ？　なにゃにゃなやや？」

思いきり鼻を摘《つ》ままれ、少女は手足をばたつかせて毛布を弾《はじ》き飛ばした。安息から無理やり引き上げられた少女は翡翠《ひすい》色の眼を瞬《まばた》かせたが、ライルの顔を認めると優雅《ゆうが》に――ただし、鼻は摘まれたまま――微笑《ほほえ》んだ。

「うぉふァひょう、ふぁひふ」

「おはよう、マリーア」

摘まんでいた指を放し、ライルはソファから立ち上がった。腕《うで》を組み、少女の顔を――顔だけを見て眉《まゆ》を顰《ひそ》める。

「……これでちょうど六十回目だけど……人前でぽいぽい裸《はだか》にならないでくれ！」

「裸じゃないわよ？」

赤銅《しゃくどう》の髪の少女――マリーアはそう言って、ソファの上で脚《あし》を組み変えた。

たしかに黒いガーターストッキングと絹の下着を身に付けてはいたが、その中途半端《ちゅうとはんぱ》さがかえって目の毒である。

「はしたない真似《まね》は止めてってば！」

「そんなこと言っても、ライルにも責任があるんじゃない？　研究室のドアに鍵《かぎ》を掛けてないんだから、これはもう誘《さそ》ってるとしか思えないわよ？」

マリーアはからからと笑って肩《かた》をすくめた。豊かに育った双丘《そうきゅう》も一緒《いっしょ》に揺《ゆ》れる。

いつの間にか視線が移動してしまったのに気付き、ライルは慌《あわ》てて視線を戻した。

「……確かに君の性格を考えると、鍵を掛けて置かなかったのは軽率《けいそつ》だったかも」

「でしょ？」

「けど、君は仮にも子爵令嬢《ししゃくれいじょう》じゃないか。もっと慎《つつし》みをだな……」

「ふふん？　ハイライン子爵《ししゃく》って言っても、所詮《しょせん》は金で買ったものじゃないの。成金貴族が慎みを持ったところで、陰口《かげぐち》の種が増えるだけよ」

マリーアは切れ長の眼を鋭く閃《ひらめ》かせ、赤銅色の長髪《ちょうはつ》をばさっと掻《か》き上げた。無造作で荒《あら》っぽいのに、どことなく気品がある。

〈蒸機革命〉によって富を得た産業資本家《ブルジョワジー》たちには、誰にでも分かりやすい肩書《かたが》きとして爵位《しゃくい》を求める者も多い。ハイライン家もそうした『資本貴族』――口さがない者が『成金貴族』と呼ぶ一類である。

だが、そんなものとは関係なく堂々としているのがマリーア・ハイラインだった。

「……それなら年頃《としごろ》の娘《むすめ》らしくって言い直すよ。身持ちは固くしないと」

「ライルこそ年頃の男の子に似合わない物言いよね。朝起きたらこんなイイ女がすぐ傍《そば》に寝てるのよ？　涎《よだれ》を垂らすぐらいしてもいいんじゃない？」

「イイ女って……」

ライルはマリーアに悟《さと》られぬようこっそり苦笑《くしよう》した。実際にイイ女なのだから自画自賛とはいえない。とびきり、と付け足してもいいくらいだ。

「そんなこと言っても……お互《たが》いの裸なんて見飽《みあ》きてるじゃないか。君が僕の服を引っぺがして川に叩きこんだのを忘れた？　君も下着すら付けないで僕を淵《ふち》に引きずり込むし、そのあとファーストキスだって済ませたろ？」

「それって下手すれば十年も昔のことじゃないのよう！　それに人工呼吸はノーカンよノーカン！」

「そう。十年来の腐《くさ》れ縁《えん》。いまさらどぎまぎしたって仕方ない」

「だったら何で顔を逸《そ》らすの？」

「親しき仲にも礼儀《れいぎ》あり。僕は誰かさんと違って慎み深《ぶか》いんだ」

「なによう。まるであたしが慎みのない尻軽《しりがる》女みたいじゃないのよぅ」

「そう思うんだったら、さっさと服を着替《きが》えたら？」

ライルが窘《たしな》めると、マリーアはぶぅぶぅと文句を吐《は》きながら着替えはじめた。

ごそごそと衣擦《きぬず》れの音が部屋に響《ひび》く。

旺盛《おうせい》な想像力を誤魔化《ごまか》すべく、ライルは床《ゆか》に這い蹲《つくば》って眼鏡の捜索を再開した。

「何してるの？」

「眼鏡を探してるんだ」

「眼鏡？　それならここにあるけど？」

「そう？　それはよかっ――――ッ！」

振り返ったライルは言葉を呑《の》みこんだ。

さっさと着替えたものと思っていたマリーアだが、まだビスチェを身に付けただけの状態だった。適度に胸元《むなもと》を押し上《あ》げる下着のお陰《かげ》で、さっきより胸の谷間が強調されている。

しかもライルの眼鏡は、よりによってその柔らかなふくらみの間に挟《はさ》まっていた。

「ほら、こんな所にいつまであっても困るから、さっさと取ってくれる？」

「……普通《ふつう》に渡《わた》してくれない？」

「あら？　あたしは貴族のお嬢様《じょうさま》だもの。羽根ペンより重い物なんて持てないわ」

「さっきと言っていること逆じゃないか……」

「ほらほら、早く着替えて欲《ほ》しいならさっさと眼鏡《コレ》を取ってくれなきゃ」

マリーアは身を乗り出すようにして胸元を強調する。にまにま笑った表情からして、すげなくされた意趣《いしゅ》返しのつもりらしい。

——上等だ。いまさらこの程度でひるんでたまるものか。

ライルはまっすぐと視線を固定し、マリーアの悪戯《いたずら》めいた顔を睨《にら》み返した。

「……昔っから、とんでもないはねっかえりのお嬢《じょう》さまだよね、マリーアは」

「お褒《ほ》めに与《あずか》り光栄の至り」

翡翠の瞳を細め、心底うれしそうに笑うマリーア。

ライルは何でもない顔で、けれど細心の注意をはらいながら手を伸ばした。


「……やれやれ」

ほてった身体を冷ますべく、ライルは早春の空気を思いきり吸い込んだ。

眼鏡を取り戻したライルだが、童顔の彼《かれ》が掛けると背伸《せの》びした中等生みたいだった。

ライルが所属する王立ヴェルゲンハイム学院は、イルゼシュタイン王都ヴェルグの東郊《こう》外《がい》に広がる学芸機関だ。その広範《こうはん》で充実《じゅうじつ》した教育課程《カリキュラム》から、「ヴェルゲンハイムで学べない事はない」とまで言われている。

朝靄《あさもや》と蒸気でけぶる学院の庭園を歩いていると、芝生《しばふ》の広場で動く人影《ひとかげ》が見えた。昼間から燃え盛る篝火《かがりび》の様子を見ている。

「――おはよう、ヘイゼル」

「あん？　おう、おはようさん、ライル」

挨拶《あいさつ》を返したのは着古した野良着《のらぎ》を着た、絵に描《えが》いたような金髪碧眼《きんぱつへきがん》の少年だった。

ヘイゼル・クレイリー。ライルの同級生で、寮《りよう》では相部屋でもある。

「寮へ帰るのか？　俺《おれ》も飯にしようと思ってたから一緒に行こう」

「うん。けど、君は何をやってたんだい？」

「『春炎祭《しゆんえんさい》』の管理係になっちまってな」

歩きながら、ヘイゼルはこきこきと肩を鳴らした。

春炎祭はイルゼシュタインで行われる春先の祭事だ。冬の寒さを追いやるべく、三日三晩にわたって篝火を燃やし続けるのである。

「けど、それって生徒会の仕事だろう？」

「臨時のバイトだよ。春炎祭に合わせた短期休暇《きゆうか》でどいつもこいつも遊び回ってるから、人手が足りなくなるのさ。火の番だけじゃなく、生徒会主催《しゆさい》の舞踏会《ぶとうかい》の準備とかもな」

「ヘイゼルは何処《どこ》かへ行かないの？」

「学校通うのも奨学金頼《しようがくきんたよ》りの貧乏《びんぼう》貴族だぜ？　稼《かせ》げる時に稼がないとな」

マリーアのハイライン家のような資本貴族が増えるのに合わせ、利潤《りじゆん》を失った没落《ぼつらく》貴族が増える世情だ。貴族が貴族というだけで食える時代は終わりつつある。

もっとも、マリーアとは別の意味で『貴族』にこだわらないヘイゼルはあっけらかんとしたものだ。見た目だけならいかにも貴族らしい金髪碧眼、紅顔の美少年なのだが。

おかげでいろいろ複雑なライルも友人として付き合えるのだった。

古臭《ふるくさ》さだけは一級品の寮に戻り、二人は食堂に向かった。普段《ふだん》は腹を空《す》かせた寮生《りょうせい》で混《こ》み合ってるが、さすがに休暇でがらんとしている。

「ちぇ。みんなとっくにくり出しちゃったワケね」

ご飯を作ってくれる寮母《りょうぼ》さんもいないが、つい最近導入されたばかりの冷蔵庫――小型蒸気機関で冷媒《れいばい》のアンモニアを循環《じゅんかん》させる――に保存の利《き》く食材が詰《つ》まっていた。

二人は簡単な朝食をでっち上げ、もそもそと食べ始める。

「そういや、ライルは休みの間どうするんだ?」

ヘイゼルが塩漬《しおづ》けキャベツを齧《かじ》りながら問い掛ける。

「僕も、こづかい稼ぎに計算手の下請《したう》けをして過ごすつもりだったんだけど、ね」

ライ麦パンを薄《うす》いスープに浸《ひた》しながらライルが答えた。

「あー、教授たちに評判のやつね。民間業者の半分の時間で算出してくれるって」

現在多くの研究室が、大量の実験結果の計算処理を『計算工場《コンピューティングファクトリー》』と呼ばれる民間の計算手《コンピューター》会社に請《う》け負《お》ってもらっている。もっとも、素人《しろうと》が計算表と睨み合いながらの人海戦術なので、細かな間違《まちが》いも度々《たびたび》報告されていた。

　これを回避《かいひ》する為《ため》、蒸気駆動《くどう》の『階差機関《ディファレンス・エンジン》』と呼ばれる機械式自動計算機も研究されているが——実用化につながる成果はいまだ発表されていない。

「おかげで休み中も退屈《たいくつ》しないで済むと思ったんだけど……マリーアに無理やり祭り見物に誘われちゃったんだよね」

「あの赤銅の髪のお嬢様か」

　マリーアの名前が出てくると、ヘイゼルがにやにやと笑った。

「ぶっちゃけお前、あのお嬢様と何処《どこ》までイったのよ？」

「……なに？」

「何処へも何も、マリーアとは幼馴染《おさななじ》みだって言ってるだろうに……」

「あんな最優良物件に何もしてないの？　お前の根っこ腐ってんじゃね？」

「……何度も言うけど、やたら話を下へ下へ持って行くのは止めた方がいいと思うよ？」

「分かってねぇな。貴族はシモネタ好きって相場が決まってんだよ。ウチの五代前のじいさまなんか『貴族の男は女の腹の上以外で死ぬこと罷《まか》りならず』って名言を遺《のこ》してる」

「……理解できないけど納得《なっとく》してしまう迷言だね」

「しかもお前が何度もお手付きを逃《のが》してるのは、鉄鋼や鉄道を中心とした重工業の雄《ゆう》、ハイライン財団の一人《ひとり》娘《むすめ》であるマリーア・ハイライン。躊躇《ちゅうちょ》する理由が何処にある？」

「まさしくそれが理由だよ。僕みたいなペーペーの若造じゃ、周りの人たちが許さないよ」

「謙遜《けんそん》が過ぎるぜ。《最後の魔女《まじょ》の弟子》どの？」

「……その呼び方、こそばゆいから止めて欲しいんだけど？」

ライルは顔を顰めた。

《最後の魔女》エルルーア・アゾートの名は、西方諸国に知れ渡っている。

そのエルルーアに育てられたライルは、ヴェルゲンハイム学院で《最後の魔女の弟子》という、実に背中がかゆくなる仇名《あだな》を付けられているのだった。

「そもそもお前のお師匠さんの財産は相当なもんだろ？　支度金《したくきん》には事欠くめえ」

「師匠の考え付いた発明の特許は、全部ハイライン財団に譲渡したよ」

「なぬ！」

「先代の総帥《そうすい》――マリーアのお祖父《じい》さまは僕の後見人だし、そもそも師匠の最大の出資者《パトロン》だったからね。残ったのは数年前からほったらかしの田舎《いなか》の屋敷だけだけど、それも半年前に買い手が付いて処分しちゃったし」

「けど、ほれ。未発表の〈最後の魔女の遺産〉ってのがあるんだろ？」

「またそれか……」

世間には〝稀代《きたい》の天才科学者〟と知られるエルルーアは、正真正銘《しょうしんしょうめい》〝本物の魔女〟でもあった。その真実を隠蔽《いんぺい》する為、彼女《かのじょ》はほとんどの研究を一人きりで行い、その秘密主義が皮肉にも《魔女》の二つ名を与《あた》えられる遠因ともなった。

そんなエルルーアであったから彼女の失踪後、『最後の魔女には秘匿《ひとく》された、あるいは未発表の知識や技術がある』とまことしやかに噂《うわさ》された。

それが〈最後の魔女の遺産《エルベ・デア・ラストヘックス》〉と呼ばれる、現在進行形の都市伝説だった。

（たしかに、あの師匠ならいろいろ隠《かく》してても不思議じゃないけど……）

「……師匠の研究や財産を当てにしたんじゃ、弟子としてあまりに不甲斐《ふがい》ないよ」

〈遺産〉云々《うんぬん》の信憑性《しんぴょうせい》とは関係なしに、それがライルの正直な気持ちだった。

ライルにとって真に重要なのは、エルルーアに教えられ鍛《きた》えられた知恵《ちえ》と知識だ。それを誇《ほこ》りにすればこそ、遺産などに頼《たよ》るなんてまっぴらごめんだった。

「……お前のそういうとこ、感心する反面、つくづく利口じゃねぇと思うね」

「ほっといてくれ。――マリーアも、そのうちそれなりの貴族なり資本家に嫁《とつ》いでゆくよ。疵物《きずもの》にするなんてとんでもない」

「あのお嬢様がそんなタマか？『女らしく』なんて旧弊《きゅうへい》な考え方に真っ向から斬《き》り掛かっ

てくタイプだぜ、ありゃ」

「………」

もちろんそんな事はとっくに知っているので、ライルは無言でスープを啜《すす》った。

「そういや……お前、ヴィルヘルム・ゼストって知ってるか？」

「五回生の先輩《せんぱい》だろ？　昨年に弱冠《じゃっかん》十八歳《さい》にして軍閥《ぐんばつ》の名門、ゼスト辺境伯《はく》を継《つ》いだ不世出の傑物《けつぶつ》――という噂《うわさ》程度なら僕《ぼく》も知ってるけど？」

「おれなんかとは違う本物の貴族で、学院でも有力貴族の子弟《してい》を大勢取り巻きに引き連れてる。そんな辺境伯どのが休暇明けの舞踏会に誘うためマリーア嬢を口説いたんだが……どうなったと思う？」

愉快《ゆかい》そうに笑うヘイゼルに、ライルは嫌《いや》な予感がした。

「スパーンと伊達男《だておとこ》の頬《ほお》を張って『御目《おめ》は覚めましたかしら？』ときた。あまりの鮮やかさに、驚くよりも感心する生徒の方が多かったって話だ」

「そんなことが……」

ライルは額を押さえて眩暈《めまい》を堪《こら》えた。

自由奔放《じゆうほんぽう》で憚《はばか》る事のない性格は熟知していたが……

「……無茶《むちゃ》をするにも程がある」

「そんなお嬢様と唯一《ゆいいつ》まともに付き合えてるのがお前なのよ。だからさっさと既成《きせい》事実作っちまえって。だいたいオメー、あんな完璧《かんぺき》なおっぱいを据《す》え膳《ぜん》されて我慢《がまん》できんの？　素直《すなお》になれ。おっぱいが嫌《きら》いな男はいるか？　いません。そうだろ、兄弟？」

ヘイゼルはきししと笑い、両手をなんともヤらしくにぎにぎと動かした。

「……ヘイゼル。あんまりしつこいと僕にも考えがある」

「へぇ？　どんな？」

「金輪際ノートは貸さないし、試験のヤマも教えてやんない」

「んなっ！　そ、そりゃ困る！　お前のノートがなかったら落第だ！　おまけにノートの書き写しの販売《はんばい》が出来なかったら、あっという間に餓死《がし》しちまう！」

「試験の前後で微妙《びみょう》に食事のレベルが上がるのはそのせいか……で、何か言うことは？」

「へへぇ、お許し下せぇライル様。この憐《あわ》れな仔羊《こひつじ》に聖典《ノート》と予言《ヤマ》をお与え下せぇ」

「よろしい」

平身低頭するヘイゼルを見下ろし、ライルはちょっとだけ胸がすっきりした。

2

窯《かま》に火を入れて熱いシャワーを浴びると、ライルは外行き用の服に着替えた。といっても普段からシャツにベストにスラックスという格好なので、外套《がいとう》を羽織るだけである。学院指定の黒い外套は野暮《やぼ》ったいとして人気がないが、ライルには魔術師《まじゅつし》のローブっぽく見えて割とお気に入りだった。

「――っと。忘れるところだった」

狭っ苦しい相部屋（ヘイゼルが綺麗《きれい》好きなのが唯一の救い）を出る間際《まぎわ》、ポケットにいつもの感触がないのに気付き、慌てて机の上の懐中時計を手に取った。精緻《せいち》な銀細工で飾られた外装《ケース》の蓋《ふた》には、磨《みが》きこまれた琥珀《こはく》が鈍《にぶ》く輝《かがや》いている。

ライルの師、エルルーアから姿を消す直前に贈られた時計だった。最先端《せんたん》の機械式時計に魔術師に必須《ひっす》の琥珀を仕込むあたり、《最後の魔女》らしいといえばらしい。

「これが〈最後の魔女の遺産〉と言えなくもないかな……っと、いけないいけない」

蓋を開いて時間を確認《かくにん》してみれば、すでに結構な時間が過ぎていた。

ライルはポケットに懐中時計を突っ込んで寮を飛び出した。

寮は広大な学院の北端《ほくたん》に位置する。ライルは広大な学院内を西へ突《つ》っ切った。

頑丈《がんじょう》で古めかしい鉄製の正門の前には一台の馬車が停《と》まっており、腕を組んで仁王《におう》立ちしていた少女が息を切らし到着《とうちゃく》したライルに口を尖《とが》らせた。

「——遅ぉーい！」

朝からライルを騒《さわ》がしてくれたマリーアだが、さすがに今はちゃんとした格好である。

上品な薄桃色《うすももいろ》のドレス。こつこつと地面で音を立てるのはぴったり測って造られたオーダーメイドブーツ。頭にはつばの広い日除《ひよ》け帽子《ぼうし》を載《の》っけている。どこからどう見ても、やんごとない良家のお嬢様だ。

いつもこういう格好だったら文句ないのにと、ライルは溜《た》め息を吐きたくなった。

「いきなり誘ったのは君だろ？　遅《おそ》いだの何だの言うのは理不尽《りふじん》ってものだよ」

「何をいまさら。そんなの昔っからでしょ？」

「……そういえばそうか」

やれやれと首を振《ふ》ると、馬車の御者席《ぎょしゃ》から首を伸ばす少女と目が合った。ぱっちりとした翠《みどり》の目に、南方人を思わせる小麦色の肌《はだ》の持ち主で、淡《あわ》い金髪《きんぱつ》にはメイドの象徴《しょうちょう》である純白のヘッドドレスを被《かぶ》っている。

「おはよう、ミラ」

「おはようございます、ライルさま」

マリーア付きのメイドであるミラ・ゴーシュは、向日葵《ひまわり》を思わせる笑顔《えがお》で返事した。

彼女もライルとは幼い頃《ころ》から知った仲で、マリーアに振り回された戦友と言ってもいい。

「ほーらほら、何してるの。さっさと乗りなさい」

マリーアがライルの背を押しやって客車に乗り込むと、ミラが馬にぱちんと鞭《むち》をやって馬車が動きはじめた。

郊外《こうがい》から中心部へ向かうにつれ活気は増し、政庁街に至ると春炎祭特有のバカ騒ぎに巻き込まれる。そこかしこに良い香《かお》りを撒《ま》き散らす出店が並び、昼間から麦芽酒《ビール》のグラスを打ち鳴らす音が響く。

おかげで馬車どころか、路面汽車《トラム》までまともに動けない有様だった。

「進まないね」

「まだまだ掛《か》かりそうね……と、そうだ。ちょうどここに暇潰《ひまつぶ》しに良いものがあったわ」

マリーアはそう言うと、横に置かれていた鞄《かばん》を開いてひとつの封筒《ふうとう》を取り出した。

「あたしが出資してる研究所の報告なのだけれど……ちょっと手こずってるらしくてね。なにか意見を貰《もら》える？」

「……この為にわざわざ混んでる中心街を？」

「さあ？　それよりも、ね？　オ・ネ・ガ・イ♪」

昔からマリーアの〝お願い〟を断れた例《ためし》はない。ライルは早々に降参して封筒を受け取り、中の書類を取り出した。

「…………これは……電波を使った通信装置？　それも音声を伝える……」

「実用化されたら『電話《テレフォーン》』とでも呼ばれるかしらね。のんびり待つからゆっくりやって」

窓から蜂蜜酒《はちみつ》のソーダ割りを購入《こうにゅう》したマリーアが気楽に言うが、ライルはすでに書類へ集中していた。

「音を受ける膜《まく》を……豚《ぶた》の腸を使うなんて古典的だな………薄膜《はくまく》そのものに電気抵抗《ていこう》があれば……炭素か金属膜《きんぞくまく》を使う？　けどそれだと接触《せっしょく》式に……そう言えば、ちょっと前に電気学教室の教授から水晶《すいしょう》を用いた圧電効果の計算を頼《たの》まれたな。あれを応用すれば非接触式にできるが……デリケート過ぎて実用化には…………」

ライルの指が書く物を探して無意識に彷徨《さまよ》っていると、狙《ねら》い澄《す》ましたように万年筆が差し出される。すぐさま引っ手繰《たく》って書類に突き立てた。

蓄積《ちくせき》された知識が結合と反発を繰《く》り返し、練られた思考は記号と計算式によって次々と形を顕《あらわ》した。ライルは字を覚えたばかりの赤子のごとき純粋《じゅんすい》さで筆を躍《おど》らせる。

「………できた」

思い付く限りのアイデアと、出来得る限りの設計案を書き終える。

達成感に満ちた顔を上げると、マリーアは手持《ても》ち無沙汰《ぶさた》に髪《かみ》をいじっていた。馬車の外も中心部から郊外の景色に変わっている。

ライルが懐中《かいちゅう》時計を取り出して時間を確認すると、

「――一時間も？」

「ほんと、凄《すご》い集中力ね」

マリーアは呆《あき》れたように苦笑するが、書類のメモを読むや驚愕《きょうがく》に早変わりした。

「……一時間しか、と言うべきね。わざわざ中心街を通り抜《ぬ》ける必要はなかったわね。この短時間で方式の違《ちが》う手段を三つも提起した上で工業的な問題点まで指摘《してき》して……すぐにでも試作品を作製できるわ」

「そこまでじゃない。音を電気信号に変換《へんかん》するマイクロフォン部分はすでに明記されてる。僕がやったのは土台の上に掘《ほ》っ立て小屋《ごや》を造ったようなものだよ」

「ものすごく立派な掘っ立て小屋ね。なんなら今すぐ、この小屋の主にしてあげるけど？」

「とんでもない！」

ライルは慌ててぶるぶると首を振った。

「評価は実績の積み重ねでされるべきだ。こんな走り書き程度でそんなことされちゃ、分不相応だよ」

「謙虚《けんきょ》というか何というか……もうすこし頼って欲しいんだけどね」

マリーアは『分かっていたけど』みたいな顔で肩《かた》を竦《すく》めた。

馬車はほどなく目的地に到着した。

王都西郊外は、かつては軍直轄《ちょっかつ》の造船工場があった。かなり大規模な施設《しせつ》だったが、三年前に突然《とつぜん》の火災ですべてが灰になってしまった。工場の再建は当時建設中の第二造船場の拡張として統合され、残った焼け野原はこれといった活用計画が立たないまま多目的広場という曖昧《あいまい》な使われ方に落ち着いた。

その王都西郊外の多目的広場は現在、いくつもの色とりどりのテントが張られて人々が行き交い、王都中心部に負けないほどの熱狂《ねっきょう》が立ち昇《のぼ》っていた。

大道芸やサーカスなどが一堂に会した合同曲芸祭だ。旅芸人たちが王都で営業するにはいろいろと面倒《めんどう》な手続きがあるが、この場では割合簡単に見世物が許されている。

馬車を決められた場所に止め、ライルたちは見物を開始した。

「わっ！　見て見てライル！　剣牙虎《サーベルタイガー》なんて初めて見たわ！」

マリーアはさっそく、道端《みちばた》に寝《ね》そべっていた二メートル強の猫《ねこ》科大型獣《じゅう》に抱《だ》き付いた。

及《およ》び腰《ごし》のライルとは正反対のはしゃぎようである。

「可愛《かわい》いわね。ねえ、ウチでも飼いましょうよ」

「残念ですが」と、語り掛けられたミラがやんわり笑って、「当主様は猫嫌《ねこぎら》いですから、お許しにならられないと思われます」

「ちぇー。こんなに可愛いのに」

マリーアに撫《な》で回され、剣牙虎が薄目《うすめ》を開けた。心地良《ここちよ》いのか嫌がる様子もなく、首筋をくすぐられると欠伸《あくび》をするように口を開く。

ライルは大型ナイフのような牙《きば》の列を目にし、ふっと気が遠くなった。

「大丈夫《だいじょうぶ》ですか？」

顔を青くしたライルの背をミラが擦《さす》った。メイド姿に相応《ふさわ》しい甲斐甲斐《かいがい》しさだが、ライルも一応男なのでちょっと情けなくなってくる。

「うう……ごめん、ミラ」

「どういたしまして」

「ほらほら、次行くわよ次！」

珍《めずら》しい猛獣《もうじゅう》を堪能《たんのう》したマリーアは、やがて今度は射的屋に目を止めた。

「へぇ？　よく出来てるわね？」

普通はボールやら玩具《おもちゃ》の弓矢が使われるものだが、この射的屋はライフルを模したばね仕掛《じか》けの玩具を使うらしい。最近になって実用化されたばかりのボルトアクションの機構まで再現された、なかなか凝《こ》った玩具である。

「いらっしゃーい。銅貨七枚で三発だよ」

「ちょっと高過ぎじゃない？」

「商品を見て下さいよ。隣国《りんごく》ガレアで名高い香水《こうすい》やら、工芸都市イマータ謹製《きんせい》の髪飾《かみかざ》りやら。高いのにはちゃんと理由があるんです」

「なるほどね。それじゃ——ライル」と、マリーアは玩具のライフルをライルへ寄越《よこ》した。

「あたし、あの耳飾《みみかざ》りが欲《ほ》しいわ」

「自分で取ればいいじゃないか。射撃《しゃげき》なんてお手の物だろ？」

「むしろあたしはライルの為を思って言ってるのよ？　男性に見せ場を譲《ゆず》るのが女性の甲斐性《かいしょう》だものね」

「そういうものかなぁ……」

今ひとつ納得できないが、珍しい遊びに興味がないわけではない。

銅貨を払《はら》ってコルクの弾《たま》を詰め、ライルは玩具のライフルを構えた。賞品の代わりに倒《たお》す木の札の真ん中に狙いを定めて引き金を引く。ポンッと間抜《まぬ》けな音がしてコルク弾が飛んでゆくが、一発目は大外れだった。

「ああ！　しっかりしてよライル！」

マリーアが背中を叩《たた》いて発破を掛ける。あの耳飾りがよほど気に入ったのだろうか？

よく狙い、二発目。一発目で癖《くせ》は掴《つか》んだしそれほどの距離《きょり》でもない。当たるだろうと思ったが、弾はてんで見当違《けんとうちが》いの方へ飛んで行った。

「これは……」

さっきとまったく違う放物線から、コルク弾に細工がしてある事にライルは気付いた。狙いを掴ませないよう、重りを仕込んで重心が故意にずらされているようだ。

「さ、あと一発ですよ？」

安心顔の店主の言葉に、ライルは憮然《ぶぜん》としながら最後の一発を込める。

（……しょうがないな）

あまり気が進まないが、こっちもちょっと細工をしてやろうじゃないか。

ライルは玩具の銃《じゅう》を構えつつ、ポケットの中の時計に手を伸《の》ばし、蓋に仕込まれた琥珀へと指先を触《ふ》れさせた。

「――〝光の果て、闇《やみ》の果てに在りしもの。風の始まり、火の始まりを示すもの。朽《く》ちぬ黄昏《たそがれ》、まつろわぬ黄金。其は時の揺籃《ようらん》〟――」

ライルは周囲の喧騒《けんそう》に紛《まぎ》れるほど小さい声で呟《つぶや》いた。琥珀に閉じ込められた魔力《まりょく》を励起《れいき》させる〈祈呪《オラシオ》〉と呼ばれる呪文《じゅもん》だ。

やがてポケットに差し入れた手、懐中時計の蓋に仕込まれた琥珀へ触れる指先に、熱ともいえぬささやかな温《ぬく》もりが生まれた。励起した魔力の感触《かんしょく》である。

人知れず琥珀の魔力と精神を共振《きょうしん》させ、ライルは〝魔法《まほう》〟を構築しはじめた。

(重力加速度を9.806m/s^2と既定《きてい》——弾丸《だんがん》質量、風速——掌握《しょうあく》。〝魔法〟を仮定——)

魔術《まじゅつ》とは、魔力で歪《ゆが》められた法則である〝魔法〟に則《のっと》り現実に干渉《かんしょう》する業。その為には現実の理《ことわり》を深く識《し》る必要がある。基準がなければ、何が歪みかは分からない。

すなわち、使い手の知識がそのまま〝力〟となる。

望んだ結果の為に現実の理すら歪める魔術だが、もちろん万能《ばんのう》ではない。あまりに無茶な〝魔法〟を仮定すれば魔術は破綻《はたん》し、歪みの反動はすべて術者に返ってくる。

だが、今回誤魔化《ごまか》すのはコルク弾の弾道《だんどう》で、なんともささやかなものである。

ライルは、〝魔法〟に則った弾道を幻想《イメージ》した。幻想が現実感を持ち、確信が閃《ひらめ》き——

——ポンッ。

撃《う》ち出されたコルク弾はライルの幻想通りに矯正《きょうせい》され、的のど真ん中へ命中した。

ぱたんと音を立て、あっさり的が倒れる。

「お、大当たり……」と、店主がポカンとしながらからんからんと鈴《すず》を鳴らす。

(……ちょっと大人げなかったかな)

ライルは少しだけ反省した。

〝魔術は秘するべし。けして人目に晒《さら》すことなかれ。幻想《まぼろし》を空事《そらごと》と化さしめよ〟——かつて教会の『魔術狩り《まじゅつがり》』が蔓延《はびこ》った暗黒時代から続く、魔術師たちの暗黙《あんもく》の掟《おきて》だ。

バレる恐《おそ》れはなかったが、祭りの射的に使うのはいささか軽率《けいそつ》だったかもしれない。

だが耳飾りを受け取ったマリーアが喜ぶのを見れば、ライルも悪い気はしなかった。

「似合う？」

良品といっても、いくらでも高価な装飾品《そうしょくひん》を持つマリーアだ。服装と比べると若干見劣《じゃっかんみおと》りする気がしたが、彼女の瞳《ひとみ》とおそろいの翠色のビーズの耳飾りは、赤銅《しゃくどう》の髪の中でしっかりと映《は》えていた。

「うん。似合ってる似合ってる」

「そう？　なら行きましょ！　——と、忘れるところだったわ」

マリーアはぽんと手を叩くと、射的に使った玩具のライフルを手に取った。

「これ、どこで作ってるの？」

「は？　ウチが世話になってるちいさな工場が手慰《てなぐさ》みに、と」

「そう。——ミラ、この玩具よく出来てるわ。使いを走らせて、今すぐこれを作ってる工場と専属契約《けいやく》を取り付けて」

「かしこまりました」

マリーアとミラのやり取りに射的屋の親父《おやじ》が目を丸くする。

ライルもその判断の素早《すばや》さに感心した。

もともと商才に恵《めぐ》まれたハイラインの一族だが、マリーアはその中でも群を抜く嗅覚《きゅうかく》と度量の持ち主だ。彼女の祖父と父親も「女であるのがもったいない」とよく零《こぼ》す。

——もっとも女だの男だのなんて、マリーアにはまったく関係ないんだろうけど。

ライルの視線に気づき、マリーアがくるりと振り返った。

「ん？　何？　見惚《みと》れちゃった？」

「まさか。見飽《みあ》きるほどいつも顔合わせてるじゃないか。耳飾りを見てたんだよ」

「ふうん？　ま、そういう事にしておくわ」

マリーアは悪戯《いたずら》っぽく笑うと、ご機嫌《きげん》そうに玩具の銃をくるくると回した。

3

昼を回り、ライルたちは燻製《くんせい》肉とジャガイモの串焼《くしや》きなどを購入しつつ見物を続けた。

彼《かれ》らの目に留《と》まったのは、ナイフや剣《けん》を使った曲芸舞台《ぶたい》だった。それなりに観客もいて盛況《せいきょう》のようだ。

男が縦長の箱に首だけ残してすっぽりと収まり、相方の男が剣を次々と突き刺《さ》してゆく。

「わっ。あれ、ど真ん中刺してるじゃない！」

「真正面からですよ？　よく無事ですね」

マリーアとミラの主従や、周りの観客たちは箱に剣が刺さる度驚《たびおどろ》きの声を上げるが、

「あれって実は予定通りに剣を刺して、打ち合わせ通りに避《よ》けてるだけなんだよね」

「そうなの？」

「あっちのほうで軟体《なんたい》曲芸やってたでしょ？　ああいう人がいると仮定すると出来るように思えない？　観客は剣の鋭《するど》さばっかりに注目するから、一種の心理トリックだね」

と、律義《りちぎ》にタネを解説してしまうライル。

それを耳にした観客たちがタネの正体を耳伝に広げ、場がだんだん白けはじめる。

「ちょ、ちょっとお待ち下さいお客さん方！　そこまで言われちゃこっちも黙《だま》っていられません。とっておきのヤツを披露《ひろう》しましょう！」

そう言うと、マジシャンの男は荷車に載《の》った大箱を持ってきた。

「これより、この箱に入った男の身体を一刀両断に――」

「あ、あれって初めから足を出す人間が箱に入ってるんだ。中が空に見えたのは鏡が斜《なな》めに入ってるんだよ」

舞台の男たちのビジネススマイルが固まる。

完全に白けた観客たちがぞろぞろと舞台から去っていった。

「な、なんて事してくれるんじゃガキぃ！」

男が激怒《げきど》して舞台から降りて来る——手にした剣を振り被りながら。

「やばっ！　逃《に》げるわよ！」

マリーアとミラが即座《そくざ》に駆《か》け出し、ライルも慌《あわ》ててそれに続く。

頭に血が昇《あ》った男が剣を振り上げ追い掛けて騒ぎになる。

何度も通路を曲がり人混《ひとご》みを掻《か》き分け、ようやく怒声《どせい》が遠のくと、ライルは両膝《りょうひざ》に手を突いてぜぃぜぃと息を整えた。

「やれやれ……そういえばマリーアと一緒《いっしょ》に走り回るなんてのも久しぶり——？」

辺りを見回すが、赤銅色《しゃくどういろ》の髪の幼馴染《おさななじ》みもそのメイドも、影《かげ》も形も見えなかった。走り回るうちにはぐれてしまったらしい。

「まいったなぁ……」

ひとまず馬車まで戻《もど》ろうかと思ったが、さっきの男の怒声がまた聞こえてきて、ライルは慌てて手近なテントの入り口に潜《もぐ》り込んだ。垂れ幕の陰に隠《かく》れてじっとしていると、怒《おこ》った男は素通《すどお》りして向こうへ消えていった。

「——お客さん？」

振り向くと、集金係らしい男が、出入り口で突っ立ったライルを胡散臭《うさんくさ》そうに見ていた。

「……いくらですか？」

そのまま出てくのも気が引ける。ライルは入場料を払ってテントの奥《おく》へ進んだ。

テントの中には二十人強の観客が長椅子《ながいす》に座《すわ》っていた。なぜか、ほとんどが男性である。

ライルで人数が揃《そろ》ったと判断されたらしく、ほどなくしてテントが閉《し》め切られた。明かりは舞台の燭台《しょくだい》だけとなり、司会然とした男が舞台に出て頭を下げる。

「どうも皆様方《みなさまがた》。今からご覧頂きますのは、類まれな美貌《びぼう》の歌姫《うたひめ》が披露する天上の美声！束《つか》の間《ま》の幻想の一時をご堪能下さい！」

ああ、なるほど、とライルは得心した。妙《みょう》に男性客が多いのは『美貌の歌姫』という呼び文句のせいだったらしい。

意図せずとはいえ参加した事をかるく後悔《こうかい》していると、テントの照明が落とされた。

次に照明が灯《とも》った時、舞台には大きな鳥籠《とりかご》が照らし出された。もっとも鳥籠の中に囚《とら》われていたのは鳥ではなく、一人の小柄《こがら》な少女だった。

ほう、と溜め息が観客たちから漏《も》れ出した。

さきほどの文句は嘘《うそ》ではなかった。鳥籠の中の少女はなんとも可憐《かれん》で美しかった。

緩《ゆる》く波打つ、腰《こし》まで届く蒼褪《あおざ》めた銀髪《ぎんぱつ》が目を惹《ひ》く。華奢《きゃしゃ》な身体に纏《まと》ったドレスは黒い薄《うす》布《ぬの》を幾重《いくえ》にも重ね合わせたもので、波打った裾《すそ》が鳥の翼《つばさ》にも見える。

ドレスの裾からのぞく手足は折れそうなほど細く、蝋燭《ろうそく》の火でさえ溶《と》け出しそうな淡雪《あわゆき》の白さ。そのせいか、細い首に巻かれた首輪や鎖《くさり》が、彼女《かのじょ》を拘束《こうそく》しているとの印象を強めた。囚われた小夜啼鳥《ナイチンゲール》、といった演出のようだ。

少女が顔を上げた。

歳《とし》の頃はライルより二つ三つ下だろうか。白磁のごとき滑《なめ》らかな輪郭《りんかく》。小さな鼻や口、長い睫毛《まつげ》で翳《かげ》った大きな瞳が愛らしい。

だが、全体的に表情に乏《とぼ》しく、作り物めいた無機質な印象である。

――まるで出来の良い人形みたいだ……

そんな風に考えていると、壇上《だんじょう》の少女がライルに目を向けた。

眼《め》が合う。

こちらを見る少女の黄金色《こがねいろ》の瞳にライルは息を呑《の》んだが――彼女はすぐに目をそらし、やはり無表情なまま正面に向き直った。

観客の男たちはニヤつきながら少女へ不躾《ぶしつけ》な視線を送っていた。肩や背中の大きく開いた黒いドレスは少女の白く儚《はかな》げな姿態を際立《きわだ》たせる。人形のような無表情と相まって、どこか倒錯的《とうさくてき》な色香《いろか》を醸《かも》し出していた。

やがて、

「……a――――――」

少女が歌い出した瞬間《しゅんかん》、テントの中の雰囲気《ふんいき》は一変した。

好奇《こうき》の視線を注いでいた男たちは、一様に驚《おどろ》き呆気《あっけ》に取られた表情になる。

ライルも、我知らず目を見開いていた。

――なんて……

戦慄《せんりつ》に似た感情に首筋の産毛《うぶげ》を逆立たせながら、ライルは思った。

――なんて綺麗《きれい》な音声《こえ》だ。

まるで真冬の夜空を爪弾《つまび》いたような――高く高く伸び上がる高音《ソプラノ》。蒼《あお》い月光を反射する水晶のような――なんとも透明《とうめい》な音声《こえ》であった。

響《ひび》き渡《わた》る少女の声が、ライルの肺の空気まで共鳴させる。

感動していると気付いたのは、少女の歌が終わってからだった。ライルは真っ先に拍手《はくしゅ》を送った。魂《たましい》が抜かれたようになっていた観客たちも、遅《おく》れて一斉《いっせい》に手を叩く。

少女は表情を変えずに一礼する。

拍手の響く中、先ほどの司会の男が舞台に姿を現した。

「お楽しみいただけたでしょうか？　しかしながらまだショーは終わっておりません！

皆《みな》さん――魔女《まじょ》はご存じでしょうか？」

ここだけの秘密ですよと語り出した男のセリフに、ライルは思わずしゃっくりをしてしまった。テントの中の視線が集中し、ライルは笑って手を振《ふ》ってごまかした。

「……おほん。誰《だれ》もがおとぎ話で聞いた事でしょう。この少女、類まれな美貌と天上の歌声ばかりでなく、古き魔術の使い手でもあるのです！　その力をとくとご覧あれ！」

男が語り終えると、少女は鳥籠から出て舞台に立った。そっと目を閉じ、ゆっくりと両《りょう》腕《うで》を持ち上げる。

「……おおっ！」

観客が驚きの声を上げた。舞台の両脇《りょうわき》に置かれていた燭台がふわりと宙に浮《う》きあがったのだ。二つの燭台は蝋燭の炎を揺《ゆ》らめかせながら、観客の頭上を縦横に飛び回る。

（これは……）

観客たちがどよめく中、ライルはまったく別種の驚きに身を震《ふる》わせていた。

（視覚的なトリックや、糸の仕掛けなんかじゃない。だけどだからと言って……それに琥珀を使っているようにも見えないし……）

ライルはそこでようやく思い至って、ポケットに手を伸ばした。懐中時計の蓋《ふた》に仕込まれた琥珀《こはく》が、〈祈呪〉もなく淡《あわ》く発光していた。

（魔力が共鳴してる？　……手品なんかじゃない。これは本物の魔術だ！）

確信したライルが舞台を見ると、少女に異変が起こっていた。額にびっしりと汗《あせ》を掻き、さっきまで無表情だったのがわずかに眉根《まゆね》を寄せている。

「……うっ」

少女が呻《うめ》き、身体がぐらりと揺れる。

飛び回っていた燭台がぴたりと空中の一点で止まり、

「あちっ！　熱い！」

落ちてきた燭台の火で火傷《やけど》をした観客が悲鳴を上げる。

テントの中が大騒《おおさわ》ぎになり、見世物は即座に中止となった。

「どうしてくれるんだ？　ええっ？」

テントの外で、火傷をした少年が声を荒《あら》げた。身なりが良く、一目で貴族かそれに準じる富裕層《ふゆうそう》だと分かる。

先ほどの司会の男はひたすら頭を下げ続けた。

「これはとんだ事で……お代はお返ししますので――」

「その程度で済むか！　この髪をどうしてくれる！」

少年は焦《こ》げた髪――といっても前髪《まえがみ》の先をほんの少し――を摘《つ》まんで凄んだ。

「我《わ》がシュバッテン伯爵家《はくしゃくけ》は、イルゼシュタイン建国からお仕えする伝統ある家柄《いえがら》！　その血筋に火を向けておいて、それだけでやり過ごすつもりか！」

野次馬《やじうま》の人混みに紛れたライルは、居丈高《いたけだか》な少年の様子に眉《まゆ》をひそめた。

しかも、そんな輩《やから》は彼一人ではなかったらしい。彼の仲間らしい身なりの良い少年たちが四人ほど、司会の男に詰《つ》め寄った。

「い、いかように詫《わ》びれば……」

「そうだな」

貴族の少年たちは良い事を思い付いたとばかりにニヤリと笑った。

「あの粗相《そそう》をした娘《むすめ》――あれに直接詫びてもらおうか」

「は？　それは――」

「引き取ってやろうというのだ。お前らとしても、あのような失敗をした者を置いておくワケにもゆくまい？　頷《うなず》けば此度《こたび》の事は水に流すし、それ相応の気付けもしないでもない」

ようするに『あの娘を売れ』という事だ。あまりに強引《ごういん》なやり口である。

ライルは人混みから抜《ぬ》け出た。

外の騒《さわ》ぎで空になったテントに気配を忍《しの》ばせて潜り込み、舞台袖《ぶたいそで》に足を踏《ふ》み入れる。垂れ幕で仕切られた小さな控室《ひかえしつ》に、先ほどの少女が静かに椅子《いす》に腰掛《こしか》けていた。

銀髪の少女が閉じていた瞼《まぶた》を開き、流れるような動きでライルに顔を向ける。

「――なんの用でしょうか?」

やはり綺麗な――綺麗すぎるほど落ち着いた声だった。

「……さっきの君が燭台を落としてしまった男、貴族だったみたいだ」

「はい」

「座長さんに詰め寄ってた。君を寄越せって」

「はい」

まったく変化のない少女の声と顔に、ライルは眉をひそめた。

「それでいいの?」

「非は私にあります。拾っていただいた一座の方々にご迷惑《めいわく》はかけられません」

恩義を感じている――とはとても思えない、遠い他人事のような声だった。

さらにライルが言い募《つの》ろうとすると、背後で人がやってくる気配があった。

まずい――そう思う間もなく、ライルは銀髪の少女に垂れ幕の陰《かげ》に押《お》しやられる。

少女が椅子に座り直したところで、先ほどの貴族の少年が呼《よ》び掛《か》けもなく入ってきた。

「ふん、いたな？」

貴族の少年は何憚《はばか》ることのない足取りで少女に近づき、彼女の顎《あご》を無造作に上向かせた。

「場末の歌唄《うた》いにしておくには惜《お》しい美しさだ。それになんとも言えぬ気品がある。もしや何処《いずこ》かの没落《ぼつらく》貴族の令嬢《れいじょう》か？」

「…………」

「言いたくないか？　まあ良い。喜べ。これからは食うにも着るにも事欠かんのだからな」

「…………」

少年がむっと顔を歪めた。少女が脅《おび》えるか媚《こ》びると思っていたのだろう。

だが、少女は静かに見つめるだけだった。

貴族の少年はぎりっと歯ぎしりし、少女の頬《ほお》をいきなりはたいた。

少女の華奢な身体が、蒼褪めた銀髪を靡《なび》かせて椅子から転げ落ちる。

「この……不敬な眼を！」

少年は着飾《きかざ》っていた貴族の余裕《よゆう》をあっさり捨て、少女に圧し掛かった。少女の首に手を掛け、少女が苦しそうにすると優越感《ゆうえつかん》に満ちた笑いを浮かべる。

「ふふ、そうそうその顔だ。そういう顔で啼《な》いてくれればッ――！」

「いったぁあっ！」

椅子を少年の背に振り下《お》ろしたライルは、反作用の衝撃《しょうげき》に手が痺《しび》れて顔を歪めた。

ライルの接近に気付きもしなかった貴族の少年が、少女の上からずり落ちる。

「行くよ！　早く立って！」

朧気な表情の少女の手を取り、ライルはテントの外へ飛び出した。

「ま、待て！　に、逃げたぞ――ッ！　追え！　追ええ――ッ！」

ライルは少女を引き摺《ず》るようにして、ざわめく広場を突《つ》っ切った。

一先《ひとま》ずテントとテントの間に滑《すべ》り込んで身を隠すと、貴族の少年たちが息を切らせ走ってきた。

「どこだ！」

「いないぞ。なかなか素早い」

「この……ッ！　コケにしやがって！」

貴族の少年たちが口々に罵《ののし》り声を上げながら駆けて行く。

ライルは止めていた息をようやく吐《は》いた。

「……何故《なぜ》こんな事を？」

ライルとともに隠れていた少女が、無表情のまま小首を傾《かし》げて声を掛けた。

「何故って……あんな光景見せられたら、黙ってなんていられないよ」

その答えを聞いて、少女は理解できかねるように口を閉ざした。

ライルは頭を出して様子を見、追手の姿がない事を確かめて再び走り出した。

引っ張られるままでまるっきり『自分』というものがない少女だったが、彼女は陶器《とうき》みたいな顔にあるかなしかの疑問を浮かべ、ライルに再度問い掛けた。

「あなたが魔術師《まじゅつし》だからですか？」

「気付いてたの？」

「あなたから微《かす》かな魔力の残滓《ざんし》を感じました。私が魔術を使った時には、はっきりと琥珀の魔力を……それに気を取られたせいか、魔術の制御《せいぎょ》を失ってしまったのですが」

「それだけじゃないだろう？　そんな弱っていたら、無理が出るのもしょうがない」

握《にぎ》った少女の腕《うで》の細さ。体格だけではこの細さ頼《たよ》りなさは説明できない。表情は変わらないが、走る足取りだってフラフラしがちだ。

「君は――」

「いたぞ！」

人混みの向こうで、ライルが椅子で殴《なぐ》りつけた貴族の少年が怒《いか》りの声を上げた。

「……今日は追い掛けられてばかりだ！」

後ろから追い掛けてくる怒号《どごう》を聞きながら、ライルは逃げ道はないかと周囲を見回す。

ちょうど道の先に、大がかりなトリックショーをやっている舞台があった。その舞台に、ライルは少女を抱《かか》えて飛び込んだ。

「ちょ、ちょっとお客さん？」

「棺桶《かんおけ》をお借りします」

ライルは少女と一緒に、舞台の真中に置かれた棺桶の中に潜り込んだ。マジシャンが目を白黒させていると、ライルたちを追って来た少年たちも舞台の上に飛び乗る。

「追い詰めたぞ！」

「こんな程度で隠れられると思ったか！」

少年たちは握り拳《こぶし》の用意をして、棺桶の蓋を勢いよく引き剥《は》がした。

「！　い、いないぞ！」

少年たちが一斉に棺桶の中を覗《のぞ》き込むが、ライルと少女の姿は影も形もなかった。

『おお～！』

一連の騒ぎを演出と思った観客たちが拍手する中、貴族の少年たちは途方《とほう》に暮れる。

「いったい……」

「おい！　あれを見ろ！」

少年の一人が指した方角には、まんまと脱出《だっしゅつ》して逃走《とうそう》するライルと少女の姿があった。

「こ、この！」

「ええい！　どけお前ら！」

拍手喝采《はくしゅかっさい》する観客たちを押し退《の》けようとするが、彼らが手間取るうちに走り去る二人の背中はどんどん小さくなっていった。

4

「……どうにか撒《ま》いたかな？」

一先ず、さっきの貴族の子息らは振り切ったようだ。ライルは安堵《あんど》のため息を漏らした。

「──もし」

ライルは横を向いた。

蒼褪めた銀髪の少女は、感情の見えない無表情でライルを見詰《みつ》めていた。

「撒いたのなら、この合間にあなたはこのままお帰りになった方が良いでしょう」

「……君は？」

「私は戻ります。一座の方々に、ご迷惑はかけられません」

「君が戻る場所は、あそこじゃないだろう？」

ライルは少女の瞳《ひとみ》を見ながら言った。黄金色とも飴色《あめいろ》とも言うべき、その独特の色合いの瞳を。

「琥珀を使わずに行使した魔術《まじゅつ》と、その『琥珀眼《こはくがん》』――幻想種《ファンタズマ》なんだろう？」

少女の無表情が、ほんの少しだけ揺れた。

幻想種《ファンタズマ》。

琥珀から魔力《まりょく》を取り出さねばならない人間の魔術師と違《ちが》い、生まれつき魔力を持った人ならざる者たち――妖精《フィエル》や獣人《ライカン》、魔人といった種族の総称《そうしょう》だった。かつては人と寄り添《そ》い、人の傍《かたわ》らに在った隣人《りんじん》たちだ。

しかし、魔術がお伽噺《とぎばなし》とされているように、彼らもいまや空想の産物と思われている。教会の弾圧《だんあつ》激しい暗黒時代、魔術師が身を守るため己《おの》が知識を隠匿《いんとく》したように、幻想種は降りかかる火の粉を嫌《きら》って人の立ち入らぬ深山幽谷《しんざんゆうこく》に隠棲《いんせい》したのだ。

「どうしてこんな所にいるのかは分からないけど、そこまで弱っているのは魔力不足だからだろう？　今すぐ君の所属する隠れ里《ざと》に帰った方がいい」

「……そうですね」

と、少女ははじめて感情らしきものを白い顔に浮かべた。幽《かす》かで曖昧《あいまい》で、ライルにもはっきりと判別できたわけではないが——自嘲《じちょう》、したようであった。

ライルはさらに問い質《ただ》そうとするが、そんな時間もなかった。

人混みの向こうから、またもや怒声が聞こえてきた。呆《あき》れるほどのしつこさである。

「近頃《ちかごろ》の貴族はよほど暇《ひま》なんだな。質問は後にして今は逃げ——君⁉」

少女の顔色はいよいよ血の気を失い、息は荒く立ってるのも辛《つら》そうだ。

ふらりと揺れる彼女のやせ細った身体を、ライルは慌てて受け止めた。

「………私に構わず、どうぞお逃げくださ——」

「とんでもないね」

自分を顧《かえり》みない少女の言葉に、ライルは少しばかりむきになって言い返した。

「困ってる人を見過ごすなんて出来るわけがない」

そう言って進もうとするが、通りの向こうからも追手の掛け声《ごえ》が聞こえてきた。身動きできないライルを、貴族の少年たちが包囲した。

周囲の人々が、何だ何だと遠巻きに避《さ》けつつ見物の態勢になる。

「この無礼者が」

一番はじめに難癖《なんくせ》を付け始めた、前髪の焦げた少年が言った。

「近頃は四民平等だなんだと調子づく輩が多くて困る。しっかりと、その思い違いを身体に教え込んでやらねばな」

じりっと近付いてくる少年たち。

逃げ足だけはそこそこ自信のあるライルだが、動けない少女を抱えては何度計算しても逃げ切れそうにない。せめて少女が暴力に巻き込まれないよう背後に庇《かば》うと、少年たちの一人が何かに気付いた顔になる。

「こいつ……ライル・バルトシュタインじゃないか？」

「なに？《最後の魔女の弟子《でし》》か？」

どうやら彼《かれ》らもヴェルゲンハイムの生徒だったらしい。

前髪を焦がした少年が、凶悪《きょうあく》な笑《え》みでライルを睨《にら》み付けてくる。

「そうか……あの、ライル・バルトシュタインか」

「……どのライル・バルトシュタインかは知らないけど、たしかに僕《ぼく》の名前だね」

「そいつはいい。いろいろと目障《めざわ》りだったからな」

それは仲間全員の意見だったらしい。彼らはいよいよ暴力的な視線でライルを睨んだ。

「たかが平民の分際で特待生など……生意気が過ぎるぞ」

「いまの時代、たかが貴族ってだけで威張《いば》り散らすのもどうかと思うけど？」

「こいつ……！　平民の分際で言わせておけば！」

俄《にわ》かに憤《いきどお》る貴族の子息たちを見て、ライルは良しと胸中で頷いた。連中の注目はどんどん自分《ライル》に向いている。このまま少女の存在を忘れてくれれば殴られる甲斐《かい》もあるだろう。

冷静に思考するライルだったが、彼の計算は早くも破綻《はたん》した。

銀髪の少女が音もなくライルの前に歩み出て、貴族の子息らに深々と頭を下げたのだ。

「……もともと騒ぎの原因は私です。この方は半ば巻き込まれたに過ぎません。どうぞ、お怒りをお収めになって下さいませ」

「な──」

ライルは驚くよりも呆れるよりも憤慨《ふんがい》した。倒《たお》れそうなほど弱っているのに、この少女は何を言っているのだ。このまま彼らに連れられたらどうなると思っているんだ。

後ろに下がらせようと手を伸《の》ばすが、それより早く少女の眼がライルを捕《と》らえた。

蒼褪めた銀髪の合間で、少女の瞳がうっすらと光を放った。黄昏時《たそがれどき》のような色の──

──魔力励起光《まりよくれいき》……！

そう認識《にんしき》した瞬間、ライルの身体がぎしっと固まった。

（〝影縫《かげぬ》い〟……いや、〝魅惑《みわく》〟の魔術か！）

やはり彼女は幻想種だ。魔力励起光が漏れ出す琥珀眼がその証明だった。

ライルの身体を縫《ぬ》い止めた少女は、苦しみに耐《た》えるようにその細い眉を歪《ゆが》めた。しかしすぐさま元《もと》の無表情に戻ると、再び貴族の子息たちに頭を下げる。

「……私に出来る事でしたらいかようにもお詫びします。どうか、この場はこれにて」

「……」

前髪を焦がした少年が、無言のまま歩み出た。頭を下げたままの少女の前で立ち止まると、容赦《ようしゃ》なく腕を振るう。弱っていた少女はなすすべなく地面を転がった。

「貴様にはあとでたっぷりと詫びてもらう。だが……いまはこいつが先だ」

少年はそう言ってライルを睨んだ。

少女が叩《たた》かれると同時に金縛《かなしば》りが解けたものの、ライルは背後に回り込んでいた貴族の少年たちに羽交《はが》い締《じ》めにされてしまった。

「……生意気な平民風情《ふぜい》が。立場をわきまえさせてやる！」

身動きの出来ないライルへ嗜虐《しぎゃく》的に笑い、貴族の少年が腕を振り上《あ》げる。

絶対悲鳴は上げないと決意し、ライルは奥歯《おくば》を固く噛《か》み締《し》めた。

――が、ライルの頬に拳が打ち込まれることはなかった。

突如《とつじょ》飛んできたコルクの弾《たま》が、貴族の少年の眉間《みけん》に撃《う》ち込まれる。

「痛っ……な、なんだこれは」

「はいはい。おいたはそこまで」

大きくはない、けれどよく響く声に、場の視線が集中した。

見物人を割って、一人の少女が歩み出た。手には玩具《おもちゃ》のライフルが握られ、それで先ほどのコルクを撃ち放ったらしい。

少女は燃えるような赤銅《しゃくどう》の髪《かみ》をざっと掻《か》き上げ、翡《ひ》翠《すい》色の瞳で一同を睥睨《へいげい》した。

「マリーア……」

「マリーア・ハイライン！」

ライルの呟《つぶや》きに被《かぶ》せるように、貴族の少年が驚きの声を上げた。

名を呼ばれたマリーアは、皮肉げな笑みでそれに答えた。

「これはこれはゲリム・シュバッテンどの。こんな往来でいったい何の騒ぎです」

「……たいした事ではない」

前髪を焦がした少年――ゲリムは、先ほどまでの居丈高な態度を若干《じゃっかん》抑《おさ》えて答えた。

対するマリーアは、むしろ憐《あわ》れむような顔で、

「『たいした事ではない』？　大勢でたった二人を追い掛け、この楽しい祭りに水を差したのが『たいした事ではない』と仰《おっしゃ》りますの？」

揶揄《やゆ》するようなマリーアの言葉に、ゲリム達《たち》はぐうの音もない。

「……まぁ、良いでしょう。たいした事がないというのなら、私もこれ以上言うますまい。

その二人を置いて行けば、この場は見逃《みのが》して差し上げます」

「二人だと？　馬鹿《ばか》を言うな。バルトシュタインはともかく、この娘は我々が――」

「我々が？　なんです？　まさか買ったとでも言うつもりですか？　時代錯誤《じだいさくご》も甚《はなは》だしい。それではまるで奴隷《どれい》売買じゃないですか」

「ぐっ……」

「ああ、そう言えば先ほど旅芸人の一座に多額の寄付をしまして。そうしたらその座長さん、わたくしに興行の権利の一部を譲渡していただけると確約してくれました」

「なっ！」

歌姫《うたひめ》の少女を買った――端的《たんてき》には変わらないワケだが、商取引的にはマリーアの方が数段スマート且《か》つ大胆《だいたん》だった。

「いかがします？　もしまだやると言うのでしたら、あたしも黙《だま》ってはおりませんが？」

マリーアが言い切ると、彼女《かのじょ》に同調した聴衆《ちょうしゅう》たちも「そうだそうだ！」「帰れ貴族のボンボンが！」などと声を大にはやし立てた。

ゲリム達は歯軋《はぎし》りしてマリーアを睨み付けた。さっさと立ち去りたいのが本音だろうが、おめおめ逃《に》げるのは貴族の矜持《きょうじ》が許さないようだ。

「この……！」

ゲリムが一度は下ろした腕を振《ふ》り上げようとして——

「——そこまでにしておけ」

落ち着いた低い声が響《ひび》き、貴族の少年たちが一様に動きを止めた。

「女性に対し拳を上げるなど、それこそ貴族の風上にもおけまい？」

そう言って歩み出てきたのは、引き締まった長身の青年だった。ゲリムらと同様整った身なりをしているが、腰《こし》に帯びた長剣《ちょうけん》のせいか、それとも自信に満ちた足取りのせいか、纏《まと》った風格は一段も二段も上だ。

「ヴィ、ヴィルヘルム様……」

ヴィルヘルム・ゼスト。

学生の身でありながらすでに家督《かとく》を継《つ》ぎ、ゼスト辺境伯《はく》と呼ばれるべき人物だ。

そんな若き辺境伯に口説かれたというマリーアが、いかにも面倒《めんどう》そうな顔になった。

「……そういえばこいつらはあんたの取り巻きだったわね、ゼスト卿《きょう》？」

「そういえば彼は君の幼馴染《おさななじ》みだったな、マリーア嬢《じょう》」

ヴィルヘルムはライルに目を向けた。研《と》ぎたての刃《は》のように隙《すき》のない、力強い瞳だった。

「——こちらが騒ぎの元なら、すぐに退散するとしよう。……行くぞ、ゲリム。マリーア嬢の言うとおり、これ以上祭りに水を差すものではないよ」

「し、しかしヴィルヘルム様。たしかに騒ぎを起こしたのは無粋《ぶすい》でしたが、この髪の詫びをしてもらうまで引くわけには……」

と、焦げた前髪を示すゲリム。

ヴィルヘルムは気のない様子でふむ、と頷き——目にも留らぬ速さで剣《けん》を引き抜いた。

銀光一閃《いっせん》。

残光のみを残して剣が納められると、ゲリムの焦げた前髪がはらりと舞《ま》い散る。

「——髪がどうかしたか？」

神速の剣捌《けんさば》きを見せたヴィルヘルムだが、その声は実に穏《おだ》やかだった。その穏やかさが、己が剣腕《けんわん》への自信と自負を言外に示している。

誰《だれ》よりも度肝《どぎも》を抜かれたゲリムが、がくがくと音が聞こえるほど激しく首を振った。

「なら結構。——どうも皆様《みなさま》、お騒がせいたしました。この拙《つたな》い芸で無聊《ぶりょう》を慰《なぐさ》めいただければ幸いです」

目を見張った野次馬《やじうま》たちへ優雅《ゆうが》に一礼すると、ヴィルヘルム・ゼストは颯爽《さっそう》と去って行った。ゲリムら取り巻きの少年たちも慌《あわ》ててそれに続く。

おかげでライルもようやく羽交い締めから解放された。

「まったく。相変わらずね」

力任せに拘束《こうそく》された首や肩《かた》をほぐすライルに、マリーアは苦笑《くしよう》しながら玩具のライフルで小突《こづ》いた。

「知恵《ちえ》はあっても利口じゃないんだから。そんなんじゃ楽な生き方出来ないわよ？」

「知ってるよ。それよりも迷惑かけてごめん、マリーア」

「慣れてるわよ。ライルのお人好《ひとよ》しは今にはじまったことじゃないもの」

溜《た》め息混じりのマリーアだが、ライルを見る目はどこか誇《ほこ》るような光を湛《たた》えていた。

「――で？　その女の子が？」

「ああ、うん……」

叩き飛ばされた銀髪《ぎんぱつ》の少女の方に目をやると、いったいいつの間に現れたのか、当然の如く居合わせるミラが手際良《てぎわよ》く少女を介抱《かいほう》していた。

「気を失ってます。しかも衰弱《すいじゃく》が激しいですね。すぐにお医者様に見せた方が……」

「いや、医者は役に立たないよ」

ミラの見立てを遮《さえぎ》り、ライルは声をひそめた。

「それよりも、魔力を与《あた》えた方が良い。それで大概《たいがい》の傷は治るし、体力も戻る筈《はず》だ」

「その娘《こ》、なんなの？」

「詳《くわ》しい事は分からないけど……」

マリーアとミラの視線を受け、ライルは少女の顔を見据《みす》えて、言った。

「〝魅惑〟の魔術を使う幻想種。おそらく――《夜闇の血族《ノスフェラトウ》》だ」

いつの間にか傾《かたむ》いた太陽が、琥珀色《こはくいろ》の光で彼らを照らした。

二章　月花の姫《ひめ》

1

逃げた。

少女は逃げた。

逃げて、逃げて、逃げて――逃げ続けた。

何から逃げているのか。何者から逃《のが》れようとしているのか。何処《どこ》から遠ざかろうとしているのか。それすら置き去りにして、少女は逃げて、逃げて、逃げて――唐突《とうとつ》に気付く。

逃げることはない。逃げる必要などないのだ。逃げる理由なんて、ありはしない。

そうして少女は、逃げるのをやめた。

※　※　※

「……ふぅ。ひとまずこれで大丈夫《だいじょうぶ》かな」

ライルが〈祈呪《オラシオ》〉の詠唱《えいしょう》を止めると、懐中《かいちゅう》時計に仕込まれた琥珀《こはく》は日が沈《しず》むように光を潜《ひそ》めていった。本と書類の山が連なる研究室を照らす役目が、オイルランプの明かりにバトンタッチされる。

合同曲芸祭会場での騒《さわ》ぎから、ライルは助けた少女を学院の研究室に運び込んだ。彼女に行う〝治療《ちりょう》〟を考えれば、下手な場所に運べなかった。

ソファに少女を横たえると、ライルは琥珀に〈祈呪〉を吹《ふ》き込んだ。弱り切っていた少女は琥珀の魔力を受けてみるみるうちに回復していった。

「お疲《つか》れ様《さま》」

一部始終を見ていたマリーアが労《ねぎら》う。ライルの正体を知る数少ない一人であるマリーアだが、琥珀の光でみるみる生気を取り戻した少女には驚《おどろ》きを滲《にじ》ませた。

「……ほんとうに人間じゃないのね」

「琥珀の魔力を吸収して生命力に転化する。間違《まちが》いなく幻想種だね」

「ふぅん。まあ、魔女《まじょ》や魔術師がいるんだから、幻想種ってのもいるんでしょうね。――で？　この娘どうするの？」

「できれば隠《かく》れ里に帰してあげたいけど、ひとまずは事情を聞いてからかな」

「そ。なら、あたしはいったん帰るわね」

「正門まで送るよ」

外套《がいとう》を羽織り、ライルはマリーアと連れだって正門へ向かった。

「……ライル。あの娘を助けたのは、あなたが半分は魔術師《まじゅつし》だから？」

「きっかけはそうだね。けど実際は『気付いたら助けてた』ってのが正しいかな。彼女がゲリムって貴族に圧し掛《か》かられてるのを見て、思わずこう――」

「手がでちゃった、と」マリーアは呆れ顔《がお》で苦笑した。「まったく……いざとなると考えるより先に動くのは昔から変わらないわね。利口じゃないんだから」

「そうだね……もっと利口で融通《ゆうずう》がきけばいいんだろうけどね」

自分でもそう思うライルだが、これぱかりは生来のものだからどうにもならない。せめてもうすこし能天気なら、マリーアの期待にも応《こた》えられるのに――

「――そう、よね。別に深い理由なんてないわよね……？」

「？　何か言った？」

「イエ、ナニモ」

考えに没頭《ぼっとう》していたライルが問い掛けると、マリーアはぶんぶんと首を横に振った。

そうこうしてる内に学院の正門に辿《たど》り着く。待機していた馬車に乗り込み、

「お休みライル」

と手を振るマリーアに、ライルもおやすみなさいと手を振った。

御者席《ぎょしゃ》のミラが鞭《むち》をやり、馬車は学院から遠ざかって行った。

——馬車が学院から遠ざかり、ライルの姿も見えなくなると、

「…………………ああああああっ！」

マリーアは突然髪《とつぜんかみ》を掻きむしり、客車の中を転げまわった。

「ライルが女と！　ライルが女とっ！　ライルが女とぉおおおおおおッ！」

「——そんな盛大に悶々《もんもん》とするなら、いっそお嬢《じょう》さまも泊《と》まり込めば良かったのでは？」

主の突然《とつぜん》の奇行《きこう》にも、御者席のミラは流れ作業的な落ち着きようだった。

「だってだって……余裕《よゆう》のない女だと思われたら嫌《いや》じゃないの！」

「余裕ぶるのは余裕のある時だけにすべきでしょう。あの少女、とても綺麗《きれい》でしたよね」

「ぐっ、ううう……あ、あたしのどこが悪かったの？　立派な女になる努力は欠かさなかったのに！　美容の為《ため》に食事に気を遣《つか》って、理想的な体型を——ハッ！　この胸か！この胸かぁっ！　ライルに喜んでもらえるように一生懸命《いっしょうけんめい》育てて、張りを保つように胸筋鍛《きた》えて、形が崩《くず》れないよう夜だってブラを付けて寝《ね》てるのに……なのにライルは全然襲《おそ》

ってくれなくて！　そんな事はないと考えないようにしてたけど……ライルが、ライルが貧乳好きだったなんてぇぇぇぇぇッ！」

「落ち着いて下さいお嬢さま。大丈夫です。ライルさまは高い確率で巨乳好きです」

「………本当？」

いますぐ自分の胸を引き千切らんばかりの慌て様《よう》を見せていたマリーアに、御者席のミラは仕切り窓《まど》越《ご》しに力強く頷《うなず》いた。

「はい。ライルさまはお嬢さまの胸を見て、しっかり鼻の下を伸ばしていらっしゃいます」

「………よ、よかったぁ……」

ずるずるとへたり込むマリーア。

落差激しく一喜《いっき》一憂《いちゆう》する主を、ミラはにこにこと眺《なが》めながら、

「――可愛《かわい》いなぁ」

と小声で呟いた。

余裕のある魅力的《みりょくてき》な〝女〟を気取ってみても、自分の主はまだまだ〝女の子〟である。

これが可愛くなくてなんであろうか。こういう部分を素直《すなお》にさらけ出せば、あの真面目《まじめ》な少年も「くらっ」とくるだろうに。

ミラは冷静に分析《ぶんせき》するが助言はしない。代わりに、

「ああ、けれど、もしかしたら……まったく別の属性があるのかも」

「そ、それは？」

「それは——」

声を潜めるミラに、マリーアがごくりと息を呑《の》む。

「——幼女趣味《ロリィタ》、です」

ミラの言葉に、マリーアは雷《かみなり》に打たれたように目を見開いた。

「そんな……ライルがロリィタ……よりによってロリィタなんてええええ！」

痛々しい悲鳴を背に、ミラは向日葵《ひまわり》の如くほがらかに笑って仕切り窓を閉めた。


「…………」

マリーアを送り出したライルが研究室に戻ると、部屋の空気は一変していた。

窓から白けた半月の光が降り注ぐ中、少女はソファの上に立ち上がっていた。月光は彼女の蒼褪《あおざ》めた銀髪を滑《すべ》るように流れ、剥《む》き出しの白い肩を滴《したた》り落ちる。

本の山ばかりの雑然とした部屋が、あまりに幻想的《げんそうてき》な舞台《ぶたい》に早変わりしていた。

そして少女の大きな両の瞳《ひとみ》が逆光の中、鬼火《おにび》のように黄昏《たそがれ》色の光を放っている。

「……此処《ここ》は……？」

少女の小さな唇《くちびる》から澄《す》んだ声が流れ出す。見知らぬ場所で目を覚ませば戸惑《とまど》いくらいあるものだが、その声はまったくと言ってよいほど平坦《へいたん》だった。

「ここは僕の研究室。安心していい。散らかってはいるけれど、安全だよ」

「……あなたが私に魔力《まりょく》を注いでくれたのですね」

小さく頷き、少女がソファからふわりと降りた。薄絹《うすぎぬ》のドレスが翼《つばさ》のようにはためく。

「……申《もう》し遅《おく》れました。私はルーナリア……ルーナリア・D・ネブラブルート。イルゼシュタインの東に居を構えし〝夜闇の王《ノスフェラトゥ》〟の末裔《すえ》、〝霧の血族《ネブラブルート》〟の末席に連なる者です。……あなた様のお名前をお教え願えますか？」

「――ライル。ライル・バルトシュタインです」

名乗りながら、ライルは自分の予測が当たっていた事を悟《さと》った。

吸血鬼《ヴァンパイア》、夜の狩人《ナハツェーラー》、長命種《メトセラ》――様々な呼び名を持つのはその力の多彩《たさい》さ強大さが際立《きわだ》っていた証明に他《ほか》ならない。夜を統《す》べる貴族とも称《しょう》される《夜闇の血族《ノスフェラトゥ》》は、幻想種《ファンタズマ》の中でも特に有名で、もっとも畏《おそ》れられた存在だ。

そして彼女――ルーナリアは、《夜闇の血族》でもかなり高位の眷族《けんぞく》のようだ。

《夜闇の血族》にとって血族の銘《コミュニティ・ネーム》は特別な意味を持つ。血族の銘を姓《ファミリーネーム》に持つ彼女は血族の長に連なる、いわば姫のような立場にある筈だった。

——そんな彼女が何故《なぜ》独りで、それもよりによってあのような身分に甘《あま》んじていたのか。

疑問は尽《つ》きなかったが、今この場でライルが問いを発することは出来なかった。

ルーナリアは突然膝《とつぜんひざ》を突《つ》き、深々と頭を床《ゆか》に擦《こす》り付けた。蒼褪めた銀髪が床に広がり、艶《なま》めかしいほどに白く細いうなじが露《あら》わになる。

「……若輩者《じゃくはいもの》ではございますが、この身で出来得るあらゆる方法を以《も》ってお仕えします。どうぞ存分にお使い下さいませ、ライル様」

「ちょ——」

まるで使用人——いや、はっきりと奴隷の如き言動に、ライルの頭が真っ白になる。

「あ、頭を上げて！　なんでそんな風に——」

「何故と言われましても……」

ルーナリアは顔を上げ、硝子《がらす》玉みたいな瞳を向けてきた。

「……ライル様が、私の新しい所有者《あるじ》ではないのですか？」

「所有者って……」

「ライル様は私に魔力を注がれました。私を〝使い魔《サーヴァント》〟として飼われる為でしょう？」

「………………」

ライルは混乱のあまり絶句した。

も、その逆などは考えもしない筈である。《夜闇の血族》は誇り高く強力な幻想種だ。彼《かれ》らが人間を〝使い魔〟にすることはあって

「それで、私は何をすれば良いのでしょう？　触媒《しょくばい》の提供ですか？　身の回りのお世話ですか？　それとも夜伽《よとぎ》に尽くせば良いのですか？」

「……あー、うー……んむ……」

ライルは何かを言おうとするのだが、適当な言葉は出てこなかった。驚いたのもあるが、疲れも溜まって上手《うま》く頭が回らない。結局出てきたのは、

「……それじゃ、子守唄《こもりうた》でも歌ってくれる？」

「子守唄、ですか？」

ルーナリアは無表情のまま首を傾けた。きょとんとしていれば可愛げもあるが、まるで操《あや》り糸が切れたような動きだった。

「……正直、今日は疲れた。だからなるべく優《やさ》しくて静かな子守唄で、気持ち良く寝付《ねつ》きたいんだ」

「……それが最初のご命令ですか？」

「命令じゃないよ。ただのお願い。嫌なら別にいいよ」

ライルは部屋の片隅《かたすみ》の本を退け、人一人が横になれるスペースをつくった。外套を毛布

代わりに体に巻き付け、手近にあったガレア語辞書を枕代《まくら》わりにして床に横になる。

「ソファの裏に毛布があるから使っていいよ」

ルーナリアは、床に横になったライルを感情のない目でじっと見下ろした。

「——uhhh——」

やがて、彼女は歌いはじめた。

柔《やわ》らかな声が霧のように部屋の中を漂《ただよ》う。しっとりと包みこまれるような歌声に、ライルの疲労《ひろう》した意識がさらさらと解けてゆく。

——けど、どこか悲しい声だ……。

ぼんやりと、深い霧の中で迷う女の子の姿を幻視《げんし》した。

「…………おやすみ、ルーナリア……」

霧の中の女の子に声をかけ、ライルは子守唄に誘《さそ》われて眠《ねむ》りに落ちた。

——この人間《ひと》はなんなのだろう……？

眠りこけた少年の横顔を眺め、ルーナリアはぼんやりと考えた。

ほんの数時間前まではほとんど魔力も尽き、見世物芸がせいぜいの拙い魔術《まじゅつ》ですら青息《あおいき》吐息《といき》。最期《さいご》もそろそろだろうと思っていた。

恐《おそ》れはなかった。もともと間違いで生き長らえていたようなものだ。
貴族の少年に圧し掛かられた時でさえ「ああ、いよいよか」と納得《なっとく》さえしていた。
それを、なぜこの少年は危険を冒《おか》してまで助けたのだろう。てっきり何かの意図がある
と思ったのだが……
ルーナリアは頭を振った。どうでもいいことだった。
ソファの裏側から毛布を引っ張り出すと、ドレスを脱《ぬ》ぎ捨てて毛布を被《かぶ》る。
——このにおいは何だろう?
毛布には生地《きじ》とは違《ちが》うにおいがあった。
生活臭《しゅう》とは微妙《びみょう》に違うようだったが、ぼろ布だろうがなんだろうが問題はない。自分は
そんな事を気にする必要などないのだ。
ルーナリアは人の世で迎《むか》えた幾度《いくたび》もの夜と同様、何も考えず瞼《まぶた》を閉じた。

※　※　※

甘酸《あまず》っぱい匂《にお》いがその部屋を包《つつ》んでいた。
革張《かわば》りのソファで天井《てんじょう》を仰《あお》ぐ若者は、鍛え抜《ぬ》かれた上半身を惜《お》しげもなく晒《さら》していた。

強靭《きょうじん》さと美しさを両立させたその肉体は、人間の黄金比の生きた見本だった。

若者の傍《かたわ》らには、シーツを巻き付けた半裸《はんら》の女が寝そべっていた。汗《あせ》にまみれた姿態《したい》が、蝋燭《ろうそく》の明かりで艶《あで》やかに光っている。

若者は、男の理性を溶《と》かす女の姿態を横目に見て、

「……………ふぅ」

と吐息《といき》を漏《も》らした。その吐息が引き金だったように、部屋の扉《とびら》がノックされる。

「……開いている」

若者はソファの裏に立て掛けられた長剣に触《ふ》れながら許しを出した。

「——お疲れのところ申し訳ありません、ヴィルヘルム様」

扉を開け入ってきた少年たちの先頭、不自然に前髪《まえがみ》を断《た》たれた少年が頭を下げた。

合同曲芸祭でライルとルーナリアを追い回したゲリム・シュバッテンである。

「ああ、君らか。場を収める為とはいえ済まなかったな。今夜は楽しんでもらえたかな？」

此処は王都の歓楽街《かんらくがい》の完全会員制倶楽部《くらぶ》——つまりは貴族御用達《ごようたし》の高級娼館である。

他ならぬ若者——ヴィルヘルム・ゼストの紹介《しょうかい》で出入りを許された貴族の少年たちは十分に満足した様子だったが、

「——ヴィルヘルム様のおかげで、実に楽しい夜でした。……ですがやはり今回の事はこ

のまま捨て置けません。あの場は引きましたが、やはりそれなりの対応は必要です」

「と、いうと？」

「ライル・バルトシュタインです」

ゲリムの言に、他の貴族の子弟《してぃ》たちも頷いた。

「平民の身でありながら特待生として学院に在籍《ざいせき》し、教師に媚《こび》を売るばかりが達者な輩《やから》に振《ふ》り回されたとあっては、我々はもとよりヴィルヘルム様の名にも傷が付きます」

「元より傷付くような大層な名でもないが、ね」

「なら、マリーア・ハイラインはどうです？」

「ああ、マリーア嬢ね……彼女《かのじょ》の平手打ちは、確かになかなか強烈《きょうれつ》だったな」

頰《ほお》を撫ぜながら、ヴィルヘルムは愉快《ゆかい》そうに笑った。

「成金貴族の小娘《こむすめ》に目に物見せてやりたいとは思いますが、いかんせんハイライン財団総《そう》帥《すい》の一人娘《ひとりむすめ》。目立ったことはできませんが……あの小娘のお気に入りの小僧《こぞう》なら……」

熱の籠《こ》もった視線を注がれ、ヴィルヘルムは鷹揚《おうよう》に頷いた。

「ふむ……そこまで言うのだったら、君たちなりのやり方で好きにやってみるといい。俺《おれ》も君らには期待している。見守らせてもらうよ」

「──はっ！」

　ヴィルヘルムの許しをもらい、ゲリムらはほくそ笑《え》んだ。

　王立機関であるヴェルゲンハイムの特待生は、イルゼシュタイン王国、ひいては国王陛下に未来を期待されている証《あかし》だ。そんな地位に居座《いすわ》る目障《めざわ》りな小僧に身《み》の程《ほど》を教えてやる──などといった使命感に燃えているのだろう。

「……下劣《げれつ》な者たちは、その下劣さ故《ゆえ》に扱《あつか》いやすいな」

　意気揚々《いきようよう》と引き揚《あ》げていった無邪気《むじゃき》な少年たちに、ヴィルヘルムは苦笑した。

──それも良かろう。ヴィルヘルムは葡萄酒《ぶどうしゅ》の注がれたグラスを手に内心呟《つぶや》いた。

「……機が来ればアプローチを仕掛《しか》けるつもりだったからな。連中がその下準備をしてくれるなら手間も省ける」

「──なにかおっしゃいまして、ヴィルヘルムさま?」

　笑いを含《ふく》んだ呟きに、寝そべっていた女が声を掛ける。

　ヴィルヘルムは「なんでもないさ」とにこやかに笑い、女の髪《かみ》を弄《もてあそ》ぶように梳《す》いてやった。それだけで、女はぞくぞくと陶酔《とうすい》した表情になる。

　女たちを悦《よろこ》ばすのはヴィルヘルムにとって造作もない。女ばかりではない。人は皆誰《みなだれ》かに支配されたがっている。価値を与えてもらいたがっている、と言い換《か》えてもいい。大事なのは価値を認めてやること、価値を見誤らないことだ。

「……君の価値はどれほどかな？　《遺産》を継《つ》ぐべき《最後の魔女の弟子《でし》》、ライル・バルトシュタインくん？」

若き辺境伯《はく》はうっすらと笑い、葡萄酒を飲み干した。

2

朝起きると、ライルは真っ先にソファへと視線を投じた。

部屋の奥《おく》のソファにはちゃんと毛布のふくらみがあり、蒼褪めた銀髪《ぎんぱつ》がカーテンの隙間《すきま》から差し込んだ朝陽を浴びてきらきら輝《かがや》いていた。

「……ちゃんとまだ居る、か」

ライルは複雑な顔で呟くと、音を立てぬよう研究室を出る。ひとまず顔を洗うべく、廊《ろう》下《か》の奥の洗面所へ向かった。

……一方、ライルの消えていったのとは反対、階段の設《しつら》えられた廊下の端《はし》から、

「そんなに急ぐなら――」

「はいはい！　格好付けました。意地張りました。けど女には格好も意地も必要なのよ！」

赤銅《しゃくどう》の髪をひるがえし、マリーアが姿を現した。いつもは凛《りん》とした翡翠《ひすい》の瞳だが、今は

すこしばかり血走り、目の下にもうっすら隈《くま》が出来ている。

その少し後ろにはメイドのミラが続き、

「けれど、ライルさまだってお年頃《としごろ》ですからね。過《あやま》ちのひとつふたつくらい――」

「あたしが迫《せま》っても何もしてくれないのよっ？　い、いまさら過ちなんて……！」

マリーアは壁《かべ》に向かい、脅《おび》えきった幼子のようにガタガタ震《ふる》え出した。

「落ち着いて下さいお嬢《じょう》さま。ほーらほら、大丈夫大丈夫《だいじょうぶ》」

まるで慈母《じぼ》の如く抱《だ》きとめて頭を撫《な》でるミラに、マリーアが半泣きの顔を上げる。

「だ、だいじょうぶ……？」

「ええ。ライルさまの事を一番知っているのはお嬢さまではないですか。お嬢さまが信じなくて誰《だれ》が信じるのです？」

「……そう、そうよね。ありがとうミラ。そう、そうよね。何も問題はないわ！」

ぐぐっっと拳《こぶし》を握《にぎ》り決意を新たにするマリーア。ミラが斜《なな》め後ろからニコニコと生温かく眺めているが、とんと気付かない様子である。

ずんずんと廊下を踏破《とうは》したマリーアは、慣れ親しんだ研究室のドアを勢いよく開いた。

「おはよう！　ライ、ル……」

マリーアの笑顔《えがお》が凍《こお》り付く。

いつもはライルが寝ているソファには、蒼褪めた銀髪の少女が横になっていた。

少女がゆっくりと起き上がる。ずり落ちた毛布の下から、一糸纏《まと》わぬ華奢《きやしや》で繊細《せんさい》な身体が露わになった。

「う、うん…………おはようございます」

朝が弱いのか、少女が呆《ほう》けたように頭を下げる。

「…………」

マリーアは無言で扉を閉《し》め直した。

そして一秒——二秒——きっかり三秒後、

「お嬢さまっ⁉」

糸が切れたように崩れ落ちたマリーアの顔は、完全に脱力《だつりよく》しきっていた。口は霊体《れいたい》やら魂魄《こんぱく》やらが抜け出そうなだらしない半開き。瞳孔《どうこう》も開ききり、腐《くさ》りかけの深海魚みたいだ。

「うわっ、おもしろ——いやいや、何ておいたわしい……」

「マリーアっ？」

折りしも顔を洗ったライルが戻《もど》ってくる。ひっくり返った幼馴染《おさななじ》みに駆《か》け寄るが、指を鳴らしても手を振っても、頬をぺしぺし叩《たた》いても反応はない。

「……いったい何があったの？」

「さあ？　昨晩は寝不足《ねぶそく》でしたから、そのせいでしょうかね？」

「マリーアが寝不足？　寝起《ねお》きはともかく寝付きはものすごく良いのに珍《めずら》しいね」

「……そうですねぇ」

ほんの少し、困った顔をするミラであった。

「──それで？」

本の山を隅《すみ》に寄せて椅子《いす》と机を引っ張り出し、ミラに運び込ませた朝食を摂《と》って後。

食後のお茶を嗜《たしな》みながら、マリーアがごく自然な様子で口を開いた。

「それでも何も、僕《ぼく》もまだ、詳《くわ》しい話は聞いてないよ」

ライルは部屋の奥、ひとまずワイシャツを羽織ったルーナリアに目を向けた。

「──ルーナリア」

「はい、ライル様」

ライルは顔をしかめた。

ルーナリアにはすでに何度も〝様〟付けはやめてくれと言ったのだが、聞き届けられてはいない。

「……《夜闇の血族》でも高位にいる筈《はず》の君が、どうして旅芸人の見世物小屋なんかに？」

「拾われたのです」

「拾われた？」

何かの比喩《ひゆ》かと思ったが、ルーナリアは説明し終わったとばかりに口を閉じた。

「……その娘《こ》の言う事、まったくその通りらしいわよ」

首を捻《ひね》るライルに、眉根《まゆね》を寄せたマリーアが付け加えた。

「その娘を使ってた一座が、東部の巡業《じゅんぎょう》中にふらふらして倒《たお》れたのを保護したんですって。往《ゆ》く当てもない身元不明だけど、見目も良いし声も良いからって使う事にしたそうよ」

「いつの間にそんな話を？」

「昨日、この部屋から辞去した後に曲芸祭の会場へ戻って改めてね。ゴタゴタを収める為の緊急《きんきゅう》処置だったとはいえ、名目上は移籍金《いせききん》を払《はら》った身元引受人だし。それで背後関係を訊《き》いて『拾った』ってだけしか分からなかったときは流石《さすが》に唖然《あぜん》としたけど」

と、改めて部屋の視線がルーナリアに集中した。

注目を浴びたルーナリアは、しかしやはり顔色も変えず淡々《たんたん》と答える。

「それですべてです。私は、只《ただ》の浮浪《ふろう》の小娘——それ以上でも、それ以下でもありません」

「それで納得するのは……」

「お手に余るようでしたら、放り出して下さって結構です」

戸惑うライルに、ルーナリアは他人事のように言い放った。

「なんでしたら奴隷《どれい》商か娼館にでもお売りください。幾《いく》ばくかのお金にはなるでしょう」

ライルは今度こそ言葉を失った。

冷めているとか諦《あきら》めてるとか、他人事なんてものじゃない。自暴自棄《じぼうじき》になって自殺を試みる方が建設的とすら思えるほどだった。

「……気に入らないわね」

苛立《いらだ》たしく赤銅色《しゃくどういろ》の髪を掻《か》き上《あ》げ、マリーアは勢いよく立ちあがる。ルーナリアの眼《め》の前に仁王《におう》立ちし、不機嫌《ふきげん》を隠《かく》すことなく鼻を鳴らした。

「あたしみたいな世間知らずが口にするのも恥《は》ずかしいけど——舐《な》めてるんじゃない？　生きる為《ため》には身を売らなきゃならないことだってある。けど、あんたのそれは違うわ」

「……それが何か？」

「そんなあんたが奴隷だの何だの言う権利はないってことよ。魂《たましい》の抜けた死人が、一生《いっしょう》懸命《けんめい》に生きる人たちを馬鹿《ばか》にするな！」

「……でしたら、死人に相応《ふさわ》しい処置をなさってください」

ルーナリアは『死人には聞きとる耳などない』とばかりに、微塵《みじん》も堪《こた》えた様子がない。

「私は消え去るべき存在です。何も文句は申しません」

（消え去るべき存在……？）

ライルは引っ掛《か》かりを覚えた。すべてを諦めた者になら相応《ふさわ》しい言葉かも知れないが、

（なんだか……そう思い込もうとしているような……？）

「……あっそ」

マリーアはもう一度鼻を鳴らし、勢いよくライルに向き直った。

「――で？　どうするの、これ《ヽヽ》」

「これ、って……」

「物を『あいつ』なんて呼ばないでしょ？　だったら『これ』、よ」

マリーアがこんなに憤慨《ふんがい》するのも珍しい。容赦《ようしゃ》はなくとも、こういう当て擦《こす》りみたいな物言いはしないのだが。

「君が名目上の身元引受人なんだろう？　女の子だし、君の家に引き取って――」

「い・や・よ。あたしに預けたら『処分お願いします』って衛生局に投げ込むわよ」

「本当にやりそうだな……かといって浮浪の身の上だって言ってる以上帰る場所も往く当てもないんだろうし……だからといってこのまま此処《ここ》に置いとくのも……」

「あら、いいんじゃない？　いっそ馬車馬のようにこき使ったら？」

「そんなこと言っても、僕はただの学生だよ？　住まいだって寮《りょう》だし」

「忘れたの？　ライル、あなたはこのヴェルゲンハイムの特待生なのよ？　あなたにはいろいろな権利が与《あた》えられているわ。学費の免除《めんじょ》、奨学金《しょうがくきん》の支給、王立図書館の閲覧《えつらん》許可——そして専用の研究室を与えられるのと一緒《いっしょ》に、秘書を雇《やと》う権利も」

「そんな権利まであったの？」

学費の免除と奨学金目的で試験を受け、いざ入学して驚愕《きょうがく》してばかりの特待生の待遇《たいぐう》に、新しい項目《こうもく》が加わった瞬間《しゅんかん》であった。

「正確には教員要綱《ようこう》の範疇《はんちゅう》だけど、研究室の管理の為に秘書を雇っても良い事になってる。もちろん給金は研究室の管理者からだけど……奴隷だって構わないってなら話は早いわ。最低限の屋根と食事で、せいぜいぼろ雑巾《ぞうきん》代わりに掃除《そうじ》でもさせときなさいよ」

「ぼろ雑巾って……」

ライルが眉根を寄せてルーナリアを見ると、彼女はやはり無表情のまま頷《うなず》いた。

「私は構いません。すべて、ライル様のよいようになさってください」

「だって。せいぜい扱《こ》き使いなさいな」

マリーアはそれだけ言うと、スカートをぱんぱんと払いながら立ち上がった。

「もう帰るのかい？」

「これ以上『それ』を見ていたくないのよ。後はあなたのいいようにしなさいな」

微妙にルーナリアと似た事を言うマリーアに、ライルは降参したように両手を挙げた。

「わかった。僕がはじめた事だ。最後まで責任持つよ」

「ええ、それじゃ、ね」

ミラを伴《ともな》い、マリーアは研究室を去って行った。


「ああああっ！　ライルが！　ライルがあんな不感症《ふかんしょう》女とぉぉおおおっ！」

「まったく……」

馬車の中で毎度のごとく悶々《もんもん》とするマリーアに、御者席《ぎょしゃ》のミラも呆《あき》れ顔《がお》になった。

「そんなに嫌《いや》なら無理やりにでも引っ張ってくればよかったじゃないですか？」

「ぐぬぅううう……そりゃあ、出来るならそうしたかったけどね！」

呻《うめ》いたり叫《さけ》んでいたマリーアだったが、荒《あら》くなった息を無理やり整えて座《すわ》り直す。

「……けど、いい刺激《しげき》にはなるわ。あの研究室に閉じこもってるライルを揺《ゆ》さぶる、ね」

ヴェルゲンハイム学院の特待生という立場を手に入れたライルだったが、彼は専《もっぱ》ら本を読んで過ごしていた。もちろん授業も真面目《まじめ》に受けるのだが、それらのすべてはライルにとって『当たり前』の知識でしかない。

ライルは《最後の魔女《まじょ》》から引き継いだ膨大《ぼうだい》な知識も、卓越《たくえつ》した知性も振るうことなく、

隠者《いんじゃ》の如く静かに日々を過ごしていた。

「ライルの才能はあんな物じゃない。エルルーア先生をして『本物の天才』と言わせしめたライル・バルトシュタインは、もっとでたらめな代物《しろもの》だわ。その気になれば、今すぐにだって〝切っ掛け〟を——第二の〈蒸機革命〉をつくれる」

確信をもって言うマリーアは、どこか剣呑《けんのん》な気配を瞳《ひとみ》に宿していた。他人を動かすことに慣れた冷徹《れいてつ》な指導者、あるいは他人の思考を読むのに長《た》けた老練の指し手《チェスプレイヤー》に近いだろうか。

「できるなら、ライルにはこの蒸機文明をさらに推《お》し進める革新の旗手になってもらいたい。その為には、必要な資金も環境《かんきょう》も用意するし——刺激剤《しげきざい》も投入する。ある意味、あの諦めきった眼をした不感症女はちょうど良いかもね。ライルは才能云々《うんぬん》の前に、困ってる人がいたら何かせずにはいられないもの」

「そうですね……昔から、ライルさまはそういう人です。——しかしお嬢《じょう》さま。だとするとひとつだけ懸念《けねん》が」

「……なに？」

「ライルさまにやる気を出させるのはいいですが、すべてを諦めた少女に世話を焼く少年——これってロマンスの典型例では？　別の方向にやる気が向けられたら……」

「…………ああああああああっ！　しまったぁあああああ！　万が一その気になったらどうしようどうしよう……うっ、ううううっっ！　ライルぅぅぅうううう！」

再び頭を抱《かか》えて暴れまわるマリーア。

ミラは安心したように頷くと、客室の仕切り窓を静かに閉めた。

3

ライルは早速《さっそく》ルーナリアに学院を案内した。

ルーナリアは私服に着替《きが》えている。昨晩の内にマリーアが引き取って来たものだ。

ヴェルゲンハイム学院の敷地《しきち》はとにかく広大である。新入生の〝遭難《そうなん》〟が風物詩になるほどだ。

あちこち案内していると、休暇《きゅうか》中とはいえちらほらと人影《ひとかげ》も見受けられた。読書していたり手持無沙汰《てもちぶさた》だったりと様々だが、ライルたちが通りかかると一様に顔を向けてくる。中には魂を抜かれたように呆ける男子もいた。

（まあ……そうだろうなあ）

ライルはすぐ横を歩くルーナリアを見下ろして内心呟いた。

着ている物こそ放浪《ほうろう》生活の長さを示すようにくたびれているが、品の良い顔立ちや蒼褪《あおざ》めた銀髪の輝きは失われていない。没落《ぼつらく》した貴族の令嬢《れいじょう》といった風情《ふぜい》であり、それがまたルーナリアの静謐《せいひつ》な雰囲気《ふんいき》を際立《きわだ》たせていた。

目を奪《うば》われてもしょうがあるまい。

（傍目《はため》にはそうでも、こっちは……）

ライルは目印になる建物や植木などを指し示して説明するのだが、ルーナリアは理解しているのかしていないのか分からない顔で頷くばかりだ。

風を網《あみ》で捕《と》らえるみたいな空虚《くうきょ》さばかりが積もってゆく。

複雑な面持《おもも》ちで歩いていると、昼間にもかかわらず燃え盛る篝火《かがりび》が目に入った。春炎祭の名の由来である冬やらいの炎である。

「よう、おはようライル。昨日はどうだったい？　お嬢様と楽しんできたか――」

昨日と同じように火の番をしていたヘイゼルが、こちらを振り向いた瞬間に凍り付いた。

彼《かれ》の視線はライルの傍らに立つルーナリアに注がれている。

「……ライル。そのお嬢さんは？」

「ああ、彼女はルーナリアって言って――」

「ルーナリア！　何と素敵《すてき》なお名前だ！」

感極《かんきわ》まったように叫ぶと、へイゼルは素早《すばや》くルーナリアの前に跪《ひざまず》いた。

「――お美しい。まるで白みかけた空に浮《う》かぶ月のように儚《はかな》げな美貌《びぼう》が、わたくしの胸を強く強く締め付けます……。申《もう》し遅《おく》れました。わたくしはヘイゼル、ヘイゼル・クレイリーと申します。突然《とつぜん》のことで驚《おどろ》かれているとは存じますが――ルーナリアさん。是非《ぜひ》わたくしと、結婚《けっこん》してください！」

ライルが唖然《あぜん》と見守る中、へイゼルは感極まったようにルーナリアの手を握り込んだ。

「何を言っているのだと思われるかもしれません。我々はまだ若く、いまのわたくしはただの一学生。ですがルーナリアさん、貴女《あなた》さえ傍《そば》にいてくれれば、わたくしはどんな試練も困難も乗り越《こ》えられます！　どうか、わたくしに尽《つ》きぬ事のない勇気を与えてはいただけませんか？」

まるで喜劇のようなセリフだが、当人《ヘイゼル》はいたって真剣《しんけん》な顔だ。

これに対し、告白されたルーナリアはというと、

「――申し訳ありませんが、私はライル様以外に奉仕《ほうし》することは出来ませんので」

と、度肝《どぎも》を抜《ぬ》くようなことを淡々と言った。

「………ライルぅぅ〜？」

ひび割れた笑顔で、へイゼルはライルに向き直った。

「……このいたいけな少女、君のなに？」

「なにって……」

「私のこの身は髪一本から爪《つめ》一枚までライル様の所有物《もの》です。ですので、あなたとお付き合いするわけにはまいりません」

とどめだった。

ヘイゼルはよろよろと後退《あとずさ》り、祈《いの》るように跪き天を仰《あお》いだ。

「おお、おおっ！　神よ！　何故《なぜ》あなたは一人の人間に二物も三物も与えるのですか！　零《こぼ》れんばかりの豊乳だけでは飽《あ》き足《た》らず、か弱く華奢なぺったんこまで……おお、おおっ、おおぉ！　もはや神はなし！　神は死んだ！　死んだのだ！」

「あの、ヘイゼル……？」

「うるせぇムッツリ変態が！」

滂沱《ぼうだ》と流れる涙《なみだ》に気付かぬまま、ヘイゼルはライルを睨《にら》み据《す》えた。

「お前なんかお前なんか……腐り落ちちまえばいいんだぁっ！」

何が腐り落ちるのか訊く暇《ひま》もなく、ヘイゼルは涙を散らしながら走り去っていった。

「……聞いたか？」

「……ああ、聞いた。おのれライル・バルトシュタイン……」

「……特待生だからって研究室にハーレムを……ぐっ、目から汗《あせ》が……！」

「…………」

周囲から注がれる刺々《とげとげ》しい視線に、ライルは脂汗《あぶらあせ》を流した。

「ルーナリア……ああいう言い方は……」

「なにか間違《まちが》っていましたか？」

ルーナリアはこれといった感情もなくライルの視線を受け止めた。

「ライル様に仕える以上、私は何も間違った事は言っていないと思いますが」

「本気で言ってるようだね……まぁ、ヘイゼルの事だから明後日には忘れてるだろうけど……と、そう言えば」

ヘイゼルの台詞《せりふ》で思い至った疑問があり、ライルはルーナリアに問い掛けた。

「女性にこんな質問は失礼だけど、ルーナリアは何歳《なんさい》なんだい？」

幻想種《ファンタズマ》は概《おお》ね長命だ。たとえば《貴き妖精《エルフ》》などは千年生きた個体も少なくないという。

しかもその永い生ゆえか、容姿の変化もあまり見られない。

ルーナリアも見た目は人間なら十代前半という程度だが、実際はライルより年上という事もありうる。その場合、呼び捨てにするのも考えものだった。

「十と六です」

「十六⁉　僕と同い年なのっ？」

「はい。血族の中では最も若輩者《じゃくはいもの》でした」

ある意味見た目は当てにならないと実証されたが、同い年というのは驚きだった。

幻想種にしたところで、精神の成熟具合は人間と大差ない筈だ。もっと興味津々《きょうみしんしん》で無邪《むじゃ》気《き》な性格でもいい筈である。

「……どうしました？」

唖然とするライルに、ルーナリアは虚《うつ》ろな木霊《こだま》みたいな声で問い掛けた。

いったい何があれば、十六の少女がこんな風になってしまうのだろう？　人形でさえ顔を顰《しか》めるような、生きる屍《しかばね》みたいに冷え切った無表情に。

そう思うや、ライルはなんだか腹が立ってきた。

なにやら只ならぬ出自がありそうとはいえ、こんなのは間違っていると強く思う。消えて行くのが当然とばかりの虚ろさは、ライルにはとうてい我慢《がまん》の出来ないものだった。

「……そうだ」

ライルは半ば強引《ごういん》にルーナリアの手を取り、これまでと違《ちが》う方向へ歩き出した。

「……ライル様？」

「街に行こう。ちょうど春炎祭で何処《どこ》も彼処《かしこ》も賑《にぎ》やかだから」

有無《うむ》を言わさず歩くライルに、ルーナリアはぼんやりとした顔で引き摺《ず》られていった。

郊外《こうがい》のヴェルゲンハイム学院には、路面汽車《トラム》の路線が通っている。寮からあぶれた下宿組にとって、この路面汽車は大きな味方だ。なんせ、学生証を示せば基本無料《タダ》である。

ライルは学生証を見せ、ルーナリアの分の料金を払って空き空きの座席に腰《こし》を下ろした。もっとも空いていたのは最初だけで、進むに従い乗客は格段に増えていく。発車時の汽笛も息切れを起こしているように聞こえた。

ライルの目的地である旧外壁跡《がいへきあと》付近の商業街は、春炎祭のこの時期は稼《かせ》ぎ時の一つで、見物客の多い中央官庁街に負けぬ人々の行き交いがあった。

降り立ったライルがルーナリアを最初に連れていったのは、馴染《なじ》みの服飾店《ふくしょくてん》だった。

「……ここは？」

「僕の知ってる女性服のお店の中で一番品数が多そうなところ」

「そうではなく……なぜ服飾店に？」

「服を売ってる所に来るのは服を買う為だろうね、普通《ふつう》に考えて」

「いらっしゃいませ、ライル様」

顔見知りの女性店員が声を掛けてきた。彼女《かのじょ》はライルの横にいるのが赤銅《しやくどう》の髪《かみ》のお嬢様でないと見て取ると、共犯めいた笑顔で耳打ちしてきた。

「──二股《ふたまた》ですか？」

「変な勘繰《かんぐ》りはしないで、彼女に服を見繕《みつくろ》ってください」

睨むと、女性店員は怖《こわ》い怖いと笑いながらルーナリアの背中を押《お》した。

──数十分後。

「こんな感じでいかがです？」

お披露目《ひろめ》されたルーナリアの姿は奇《き》か妙《みよう》か、ライルが初めて彼女を見た時の黒のドレスに似た装いだった。純白のブラウスに、裾《すそ》や襟《えり》が控《ひか》えめに飾《かざ》られた黒のスカートとジャケット。胸元《むなもと》にはワンポイントで赤いリボン。

やはりルーナリアの容姿で最も目を引くのは、緩《ゆる》く波打つ蒼褪めた銀髪《ぎんぱつ》と、淡雪《あわゆき》のように白い肌《はだ》だ。それを際立たせるのは、やはり夜空の如き黒色なのだろう。

「あの……ライル様……」

「お金なら気にしないでいいよ。つい最近昔住んでいた屋敷《やしき》を売り払ったんで、お金を持て余してたところなんだ」

こんな服《もの》は無用ですと言い出しそうなのをそう言って封《ふう》じる。

「……ライル様がそうお望みでしたら」

多少の戸惑《とまど》いを見せたようにも思えたが、ルーナリアはすぐさま着せ替《か》え人形のように黙《だま》り込んだ。

（買い物作戦は失敗か……）

第一ラウンドが空振《からぶ》りに終わったと悟《さと》ったライルだが、まだまだ戦いは始まったばかりだと心を入れ替える。

格好を調《ととの》えたルーナリアを連れ、ライルは次の目的地を模索《もさく》した。

4

――ワケが分からない。

カフェで初めて口にする珈琲《コーヒー》という飲み物の苦味を味わいながら、ルーナリアはぼんやりと対面の少年を眺《なが》めた。

――この魔術師《まじゅつし》の少年は、いったい何の意図があって自分を連れ回すのだろうか？

目下、自分を雇う主人となった少年――ライル・バルトシュタインは、大量の砂糖を珈琲に投入し、念入りにスプーンで掻き回している。

現在では滅《ほろ》びかけた魔術《まじゅつ》の徒であり、学生の身分でありながらかなりの待遇を得ている。

だが、本人はいたって善良というかお人好《ひとよ》しというか——普通の少年だった。

まるで、何の見返りもなく助けたようである。

（……なんて無為《むい》なことを）

この少年は善意から自分を助けたようだが、そんな優しさはまったくの無駄《むだ》だった。

マリーアという少女が評したように、自分《ルーナリア》は〝死人《モノ》〟だ。

死人にはなにもない。

だから何を与えられようが素通《すどお》りするだけだ。服だってぼろ布でも一向に構わないのだ。

自分は大量の砂糖で味もなにもないだろうに、ライルは無邪気に問い掛けてくる。

「美味《おい》しいかい？」

「……はい」

「そう？　それは良かった」

ライルは頷いて笑い掛けた。これといって特別な意図のない、ごく自然な笑顔《えがお》だった。

この少年はきっと、優しさで他人《ひと》が救えると思っているのだろう。

だが、そんなもので死人は救われない。そもそも、救われる必要が無いのだから。

（それならいっそ〝消耗品《しょうもうひん》〟として使えばよいものを……）

冷めた胸の内で同情めいた感想を持つものの、ルーナリアはそれを指摘《してき》することもなかった。どのように扱《あつか》われようと、どうでもよい。

「じゃ、行こうか」

ライルが小銭《こぜに》をテーブルに置いて立ち上がった。

ルーナリアも、黙ってライルの後に続く。

どうでもいい。悪意だろうと善意だろうと、自分にはどうでもいい事だった。

――だから、

「あ…………」

突如《とつじょ》口を塞《ふさ》がれ無理やり後ろに引っ張られるのも、どうでもいい事だった。

「ん？　ルーナリア？」

ふと後ろを向くと、ルーナリアの姿がない。すぐに周囲を見渡《みわた》すが、あの目立つ容姿が影《かげ》も形もない。

どうしようかと顎《あご》に手を当てていると、目の前に粗末《そまつ》な身なりの男の子が割り込んできた。

「ライルってのはあんた？」

「うん、そうだけど？」

男の子は手紙をライルに突《つ》き出した。

怪訝《けげん》に思いながらも手紙を開いたライルは、表情を硬《かた》くして男の子を見返した。

「……これ、誰《だれ》から？」

「エラっそーで無駄に身なりのいい、見るからに貴族のボンボンが渡《わた》して来いってよ」

それだけで、何となく事情は分かった。ライルは手紙に挟《はさ》まれていた数本の髪——透《す》けるように輝《かがや》く銀髪を摘《つま》み、憤然《ふんぜん》と息を吐《は》いた。

「……分かった。案内してくれるかい？」

男の子はぶっきらぼうに頷き、ライルを先導した。

いまでこそ活気溢《あふ》れる商業地区だが、元は貧困層の溜《た》まり場《ば》だった。

王都の拡張に伴って地価の安いこの一帯は集中的な開発地区になったが、表から数本奥《おく》へ行けばいつ倒《たお》れてもおかしくない安普請《やすぶしん》の建物だらけである。

ライルが連れて行かれたのは、そんな薄暗《うすぐら》い路地裏だった。

「もうそろそろ着くぜ。逃《に》げるんなら、今のうちだと思うけど？」

「かもね」

「ふぅん？　けっこう根性《こんじょう》すわってるんだな」

「いつもじゃないけどね。ああ、そうだ。今の内に渡しておくよ」

ライルは懐《ふところ》から銀貨を一枚取り出すと、男の子に差し出した。

「たぶんこのあと、君のお使い代は値切られるだろうから、その分は僕《ぼく》が払《はら》っておくよ」

「……おれはあんたを痛い目にあわそうとしてる奴《やつ》らの片棒担《かつ》いでるんだぜ？」

「それは僕と彼らの問題で、君は関係ない。そして労働には適切な対価が支払《しはら》われるべきだ。こういった相場は知らないけど、彼らの思考を試行《トレース》するのは簡単だ」

男の子はライルの手の平の銀貨を見つめていたが、やがて無言で受け取った。

そうして行き着いたのは、建物に囲まれぽっかりと開けた空地だった。資材置き場だったのがそのまま放置されたらしい。

置きっぱなしの石材や木材に腰掛《こしか》けていた少年たちが、ライルの姿を見て立ち上がった。

全部で五人。男の子の言葉通り『無駄に身なりがいい』。

一番奥の少年が、ルーナリアを羽交《はが》い締《じ》めにしていた。

「来たな」

この場を仕切っているらしい少年がライルを睨む。見覚えがあった。ルーナリアを助ける切っ掛《か》けになった貴族の少年――たしかゲリム・シュバッテンといったか。

「ご苦労だったな」

ゲリムはライルを連れてきた男の子に傲然《ごうぜん》と頷《うなず》くと、銀貨を一枚投げ放った。

「……銀貨二枚の筈《はず》だぜ?」

「だまれ下郎《げろう》。もたもたした分を差し引くのは当然だ。さっさと去れ」

男の子は憮然《ぶぜん》とゲリムを睨み、そのあと感心したようにライルを見た。男の子はすこし申し訳なさげに「あばよ」と言って背中を向けた。

男の子が去ると、自然と出入り口が塞がれる。

「さて……ライル・バルトシュタイン。なんでこんな処《ところ》に呼ばれたか、分かるか?」

「さあ? 生憎《あいにく》と期待されるほど頭が良くないもので」

「よく言ったな。そう、それだ。それが理由だ」

ゲリムは軽蔑《けいべつ》するように言った。周囲の者たちも蔑視《べっし》の目を向ける。

「貴様みたいな平民が栄《は》えあるヴェルゲンハイムの特待生など……腹に据え兼《か》ねる。たかだか名を知られた師がいただけの理由で」

十科目もある問題をそれぞれ三ヶ国語で受け、面接だけでも五次まである試験が師匠《エルルーア》の名前だけで通るものだろうか——などと理屈《りくつ》を言っても、この手の輩《やから》には詮無《せんな》い事だろう。

「……別に、師匠《せんせい》の名前を利用なんて——」

「黙れ! たかが平民が、貴族である我々に知った口を利《き》くな!」

なんだ、とライルは納得《なっとく》した。

何かよほど気に障《さわ》る事をしたのかと思ったが、要するにやっかみなのだ。何代も続いた貴族の気位はよっぽど高いらしい……とんでもなく軽くはあるが。

ライルは呆《あき》れて口を閉ざすが、ゲリムたちはライルが気圧《けお》されたようだと勘違《かんちが》いして嘲笑《ちょうしょう》した。

「まぁ……確かに師の名前だけでは無理だろうな。エルルーア・アゾートがいかに天才と持て囃《はや》されてもぽっと出の平民にすぎん。おそらくは、もっと別にあるのだろう？　お前に優遇《ゆうぐう》を約束する物が。噂《うわさ》にある〈最後の魔女の遺産〉とやらが」

「………」

「どんな物かは知らんが、師の遺産を食い物にして利を得ているわけだ。所詮《しょせん》、貴様ひとりでは何も出来んのだ。そうだろう？《最後の魔女《まじょ》の弟子《でし》》？」

「……よくもまぁ、ペラペラと」

ん、と貴族の少年たちが眉《まゆ》を顰《ひそ》める。

この時、ライルは常になくかちんときていた。

少なくともヴェルゲンハイムの特待生は、ライルが自分の力で勝ち取ったものだ。

そう——エルルーアに鍛えられた知恵と知識で。

それをありもしない〈最後の魔女の遺産〉だか何だかの力と言われるのは、エルルーア
まで馬鹿《ばか》にされているようで聞き逃《のが》すわけには行かなかった。

ライルはぞっとするような凄絶《せいぜつ》な嘲笑を、相対する少年たちに投げ放った。

「……ひとりでは何も出来ない？　それはお前たちの事だろう？　徒党を組まねば女の子一人攫《さら》えない、お偉《えら》い貴族のご子息さま方？」

「こ、こいつ……！」

「言わせておけば！」

ライルの馬鹿にしきった口調に、少年たちは怒《いか》りに顔を赤くした。そこらに転がる角材や金属棒を手にし、凶暴《きょうぼう》な表情でライルを睨む。

「……こんな薄《うす》ら臭《くさ》い所で我々が待っていた理由が分かるか？　ここで何かあっても、ゴロツキどもの仕業《しわざ》になるからだ。貴様が何と言おうとも、な。——逃げるなよ？　逃げたら、その責はあの娘《むすめ》に払ってもらう事になる」

ルーナリアを押さえた少年が、見せつけるように彼女の顎を持ち上げた。

ルーナリアは無感動な表情で、自分から何もしようとはしていない。

ライルの胸がさらにムカムカした。

「……ひとついいかな？」

「良いとも。捨てゼリフは弱者に許されたたったひとつの権利だ」

「今すぐルーナリアを放せ。今すぐ彼女を解放して今後関わらないと誓《ちか》うなら、君らも痛い目を見なくて済む」

貴族の少年たちはぽかんと口を開け、すぐにげらげらと大笑いした。

「ははっ。馬鹿かお前？　痛い目を見るのは貴様だけだ！」

ライルに最も近かった大柄《おおがら》な少年が、手にした角材をライルの肩《かた》へ向け振《ふ》り下《お》ろし――空を切る。

「おっ？」

「――人間の視野角は水平方向に二〇〇度前後」

勢い余って上体が泳いだ少年の耳に、右斜《なな》め後《うし》ろから声が掛かる。

「即応《そくおう》できる視野はもっと狭《せま》い。注意が寄っていればなおさら――」

少年はすぐさま後ろを向こうとして、

「人間は精巧《せいこう》な機械。だから――」

手首を掴《つか》み、足元を払う。それだけでライルは自分より大柄な少年の身体をあっさり押し倒していた。

「重心、体幹、体勢、可動限界――精巧な機械には、かならず構造上の弱点がある」

背中の一点に膝《ひざ》を載《の》せ、ライルは組み敷《し》いた少年の動きを完全に封じた。

少年の手から飛んだ角材が地面に落ちて乾《かわ》いた音を立てる。

鮮《あざ》やかな手並みに、周囲の者たちが——ルーナリアでさえもが——目を見張った。

「期待を裏切って申し訳ないけど、これでも昔は喧嘩《けんか》三昧《ざんまい》だったんだ」

何しろ男勝《おとこまさ》りの幼馴染《おさななじ》みに連れ回された子供時代だ。喧嘩《けんか》に巻き込まれたことは数知れない。おかげで人体生理学の正しさは、物理的衝撃《しょうげき》とともに体得している。

「くっ……この……」

じりっと周囲の少年たちが間を詰《つ》めてくる。一斉《いっせい》に掛かれば何とでもなると思っているのだろう。

それは正しい。多少喧嘩慣れしているだけの生兵法《なまびょうほう》では、できるのは不意を突くだけだ。

だから——

「ぎゃあああああああああああああああああああ!」

組み敷いた少年の首筋の一点を人差し指で押し込む。

耳をつんざく悲鳴があがり、周囲の敵が狼狽《ろうばい》する。

「……人体には神経叢《そう》という各種神経の交差点がある」

ごく平坦《へいたん》に、授業でもするような声とともに、ライルは人差し指をさらに捻《ひね》った。

「いぎぃぃいいいいいいいいいいいいいいい！」

「東方でいう『ツボ』と呼ばれる急所だ。僕が今押さえてるのもその一つ」

ぐりぐり。

断末摩《だんまつま》もかくやの叫《さけ》びが路地裏に響《ひび》き渡る。

「それを踏《ふ》まえて、取引を続けよう。彼女を解放してくれたら、これ以上彼《かれ》を苦しめるのは止める。断るなら、彼が味わう苦しみを、君たちにも味わってもらう事になる」

皆《みな》が皆、スイッチを切り替えたようなライルの豹変《ひょうへん》ぶりに目を見張った。

――こいつはほんとうにあのライル・バルトシュタインなのか？

善良でお人好しな優等生じみた雰囲気《ふんいき》は掻《か》き消え、まるで路傍《ろぼう》の石を――否《いや》、紙に書かれた〝数字〟でも眺めるようだった。淡々《たんたん》と計算を積み重ねる平静さと、感情の交わらない平等さがあるだけだ。

ライルの視線を受けたゲリム達は、実体を喪失《そうしつ》したような錯覚《さっかく》に襲《おそ》われた。

そして当のライル本人も、そんな自分を自覚している。

徒党を組む人間の思考は実に読みやすい。彼らは『自分が被害者《ひがいしゃ》になるかも』と頭にちらつくだけで動こうとはしない。有利な自分が傷つくのに耐《た》えられない、浅くて薄っぺらな思考、性癖《せいへき》――微積分《びせきぶん》よりもずっと容易《たやす》い。

冷静に相手の心中を読みながら、ライルは自分が嫌《いや》になった。

数式を解くように他人の心を読むなど、人間の魂《たましい》を貶《おとし》めてるようで自己嫌悪《けんお》してしまう。

——そう思いつつ、急所にねじ込む指は緩めない。

それが殊更《ことさら》、ライルに手練《てだ》れの如き凄《すご》みを与《あた》えていた。

「さあ、どうする？ 彼が発狂《はっきょう》する前に決めてくれると嬉《うれ》しいけど？」

淡々と物騒《ぶっそう》な言葉を重ねる。落ち着きようから『こいつは言った通りにやる』と思わせればしめたものだ。

もっとも、こういう場合——

「こ、この……！」

ゲリムが手にした金属棒を捨て、懐から金属の塊《かたまり》を——黒光りする小型の拳銃《けんじゅう》を抜《ぬ》いた。

——やっぱり、自棄《やけ》になるやつが出てくるか。

混乱したまま震《ふる》える銃口《じゅうこう》を向けるゲリムに、ライルは憂鬱《ゆううつ》な溜め息をついた。

逃げようと思えば逃げられた。

魔力《まりょく》の尽《つ》きかけた以前ならいざ知らず、十分な魔力がある今なら容易いことだ。

だが、いまさら抵抗《ていこう》して守りたい何かがあるわけでもない。

ルーナリアはなされるがままに連れて行かれた。連れ込まれた先では、曲芸祭でルーナリアを追いまわした貴族の子息たちが待っていた。

「大人しくしていれば悪いようにはしない。貴様もあんなつまらん小僧《こぞう》に飼われるより、我々に愛《め》でられた方がいいだろう？」

ルーナリアは肯定《こうてい》も否定もしなかった。どうでもいいと思った。もしこの場で服を剥がされ押し倒されても、それはそれで構わなかった。

だから、あの少年が馬鹿《ばか》正直《しょうじき》にやってきた時、

（徒労とも知らず、なんてお人好しなんでしょう……）

と、ルーナリアは心から同情してしまった。

いっそ痛い目を見れば、あの少年も目が覚めるだろうかと思い――直後、ライルは殴《なぐ》りかかってきた一人を地に薙《な》ぎ伏《ふ》せると、人質交換《ひとじちこうかん》を要求した。そのやり方たるや、いっそ感心するほどの容赦《ようしゃ》のなさだった。

発狂寸前の擦《かす》れがちの絶叫《ぜっきょう》が響くたび、周囲の貴族の子弟《してい》たちが目に見えて動揺《どうよう》する。

「こ、この……！」

この場を取り仕切るゲリムとかいった少年が、懐から何かを取り出した。取り出された黒光りする金属の塊に、ルーナリアは目を奪《うば》われる。

「この、この……ふざけるな！」

勢いで拳銃を取り出したゲリムに、銃口を向けられたライルは脅《おび》えるでもなく、いっそ憐《あわ》れむような顔を向けた。

「いいの？　鈍器《どんき》ならまだケンカの延長かも知れないけど……それを出したら、もう事件の範疇《はんちゆう》だ。恫喝《どうかつ》と殺人未遂《みすい》で、僕は十分君を罪に問えるんだけど？」

「うるさい！　余裕《よゆう》ぶって知ったような口を！」

言い聞かせるようなライルに、ゲリムは唾《つば》を飛ばして叫び返した。周囲の仲間たちも「おい、それは拙《まず》いんじゃ……」と呼び掛けるが、ゲリムは銃《じゆう》を下ろさない。

「……貴様はいつも……余裕ぶった顔をして、のうのうとして……見下しやがって！」

「そう思うのは勝手だけど……見下されてると思うのは、君らが貴族だからじゃない。君らが既得《きとく》権益でぬくぬくしたいだけの怠《なま》け者《もの》だからじゃない？」

「なっ！　こ、ここ、この……」

怒りで力み、銃口の震えが激しくなる。

「認めなよ。ひとりじゃ何も出来ない自分の不甲斐《ふがい》無《な》さを、さ」

「きききっ、きさっ、貴様ぁああああああ！」

怒りに震えた指先が、あっさりと引き金を引いた。

銃声《じゅうせい》が響き、ライルが背後に吹き飛《ふ》ぶ。

最初ライルに痛い目を見せようとしていた少年たち、いまのいままでライルに組み敷かれていた少年も、突然《とつぜん》の凶行《きょうこう》にそろって顔色を失った。

「……な、なんて事を……」

「おい、やばいぞ、本気でヤバイ！」

「うるさい！　ここまで来たらしょうがない！　ひとまず、死体を隠《かく》す場所を――」

騒然《そうぜん》となる中、ルーナリアは倒れたライルを凝視《ぎょうし》した。

鼻に付く、焦《こ》げ付いた鉄と油の臭《にお》い。

「あ……あ……………」

――列をなす銃口――闇《やみ》を裂《さ》く砲火《ほうか》――次々飛び散る赤い血――倒れてゆく同胞《どうほう》たち――

脳裏《のうり》にひるがえる悪夢のような記憶《きおく》が、目の前の光景と重なった。

「あ、ああ……あぁぁあ………」

「？　なんだ……？」

ルーナリアを取り押《お》さえる貴族の少年がいぶかしんだ。突然ぶるぶると震え出したルーナリアが、まるで気が違《ちが》ったように見えたのだろう。

急激な発汗《はっかん》と震え、揺《ゆ》れ動く瞳《ひとみ》。それはとても典型的な、パニックの症状《しょうじょう》であった。

「あ、ああ………あああああああああああああアアあああああああアア
アアあああああああああアアアアアアアアアアアアアアアアッ!!」

ルーナリアの絶叫とともに突如、爆発的《ばくはつてき》に『霧《きり》』が噴《ふ》き上《あ》がった。

「なっ!」

「うああっ!」

ルーナリアを拘束《こうそく》していた少年が『霧』の圧力に吹き飛ばされた。

物理的な圧力を備えた『霧』は、頭を抱《かか》えるルーナリアの周囲で渦《うず》を巻く。渦を巻く『霧』

は蛇《へび》のごとく鎌首《かまくび》をもたげ、拳銃をもったゲリムに襲いかかった。

「うわあああ!」

引き金を引くのも忘れて反射的に投げられた銃を、『霧』の蛇は曖昧模糊《あいまいもこ》としたその顎
で噛《か》み砕《くだ》いた。暴発した弾《たま》が飛び散り、路地の壁《かべ》や道を穿《うが》つ。

茫然《ぼうぜん》とした少年たちが、鉄クズとなって転がった拳銃の音で一斉に身を竦《すく》めた。

意思あるように蠢《うごめ》く白い『霧』の中心で、少女は幽鬼《ゆうき》のごとくゆらりと佇《たたず》む。風もない
のにざわめく銀髪《ぎんぱつ》の合間から、黄昏《たそがれ》色の眼光が閃《ひらめ》いた。

「ば、ば……化物——ッ!」

人知を超《こ》えた光景を目の当《ま》《あ》たりにし、貴族の子息たちは一目散に逃げ出した。

ルーナリアの輝く琥珀眼《こはくがん》が、動いた彼らへ反射的に向けられた。

拳銃を噛み砕いた『霧』が無数の蛇となって、逃げゆく少年たちの背中へと迫《せま》る。

「──待った！」

声とともに走った無形の衝撃波《しょうげきは》が、『霧』の蛇を文字通り霧散《むさん》させた。

「──殺すのは駄目《だめ》だよ、ルーナリア」

魔力励起光《まりょくれいき》を発する懐中《かいちゅう》時計を握《にぎ》りしめ、ライルはルーナリアの前に立ち塞がった。

5

「──まいったな」

怒りで震えた銃口はてんで出鱈目《でたらめ》な方向へ弾を吐き出し、ライルには傷一つなかった。

あとは隙《すき》を見て逃げ出そうと思っていたライルだったが、突然暴走し出したルーナリアを見ては死んだ振りもしていられなかった。

ルーナリアは青ざめた銀髪の合間から黄昏色の眼光を爛々《らんらん》と輝かせている。

意思を持ったように蠢く『霧』を纏《まと》わせ、《夜闇の血族》に相応《ふさわ》しい鬼気《きき》迫《せま》る姿だ。

「────ア……アアアアアアアアアアアアアアアアアアアアア!!」

（来る！）

飛び退《の》いたと同時に、『霧』がライルの立っていた地面を削《けず》り取った。どれほどの圧力がかかったのか、削り取られた土は『霧』の口腔《こうこう》内で石のように圧縮される。

「捕《と》らわれたら、全身の骨が粉々だな……！」

銃を向けられても冷静なライルだったが、さすがに今は顔を強張《こわば》らせた。

ルーナリアの身体から吹き出ているあの『霧』は、霧のように見えるだけで実際は魔力そのものだとライルは見当を付けた。さきほど単純な魔力の塊を叩《たた》き付けて一時的に散らせたのがその証左だ。

魔力は現実を歪《ゆが》めるエネルギー。

魔力を体内に貯《た》め込んだ幻想種《ファンタズマ》は、それ自体がひとつの〝魔法《まほう》〟と言っていい。いちいち現実の物理法則から〝魔法〟を構築する魔術師《まじゅつし》とは、比べようのない速度と制御《せいぎょ》力。

「アアアアアゥウウァァァアアアアアアッ！」

次々襲いかかる『霧』を、ライルは走ったり転がったりと紙一重《かみひとえ》でかわす。広場に積まれた資材があっという間に砕け散ってゆく。

「何とか避《よ》けられてるけど……！」

ルーナリアは正気を失っているようだった。

魔力励起光を漏《も》らす琥珀眼だが、その焦点《しょうてん》は霧がかったように曖昧だ。精神に強烈《きょうれつ》な衝撃を受け、パニックを起こしているらしい。

冷静な思考を失った反射と本能だけの行動なら読むのはた易《やす》い。だからこそ避けられるのだが――相手は『霧』だ。

いかようにも形を変える不定形の力が地面を滑《すべ》り、上空に枝を伸《の》ばすようにしてライルを包囲してゆく。

「――〝光の果て、闇の果てに在りしもの。風の始まり、火の始まりを示すもの〟――」

〈祈呪〉を唱えて琥珀《こはく》から魔力を引き出すのと並行し、ライルは歪められた法則体系たる〝魔法〟を構築する。

（筋力改変――！）

筋肉繊維《せんい》一本当たりの出力を底上げし、数倍近い運動能力の〝強化〟。

ライルはバッタの如く飛び上がって石材の陰《かげ》に飛び込んだ。じっと息を殺し、懐中時計の蓋《ふた》を鏡代わりに物陰《ものかげ》から差し出す。

蓋の裏面に映り込んだルーナリアは、突如《とつじょ》速度を増したライルを見失ってゆらゆら彷徨《さまよ》っていた。やはり判断力はなく、目に付いた物を反射的に攻撃《こうげき》しているだけのようだ。

（正気を取り戻《もど》すまで待つ……なんてのは高望みし過ぎか）

今の彼女《かのじょ》が表通りに出て行ったら大騒《おおさわ》ぎだ。すみやかにこの場で取り押さえるしかない。

ライルは手頃《てごろ》な石を握り込み、新たな魔術《まじゅつ》の行使をはじめた。

（土壌《どじょう》組成――温度――湿度《しつど》――反響《はんきょう》――把握《はあく》。〝魔法〟構築開始――）

ライルは物陰ごしに石を投げ放った。ルーナリアとはてんで見当違《けんとうちが》いの方向――だが、地面に落ちた小石は、けして立てる事のない落下音を響かせた。

パンッッ――

先ほどの銃声そっくりの音。

ルーナリアはびくりと身体を震わせ、音のした方へと『霧』を叩き付けた。ありもしない拳銃を壊《こわ》そうと『霧』が殺到《さっとう》する。

ライルは物陰から飛び出てさらに石を投げ放つ。

今度はルーナリアに向けて投げられた。我を失っているとはいえ反射的な防衛行動で、ルーナリアは振り向きざまに投げられた石を『霧』で粉砕《ふんさい》し、

――ずるっ。

突如発生した泥濘《ぬかるみ》が、振り返ったルーナリアの体勢を崩《くず》した。突然の事態に、『霧』がひとつの行動に――身体を支える条件反射に費やされる。

空気の粗密《そみつ》を利用した音の調整《イコライザ》と、水分密度の誤魔化《ごまか》し。

　たったそれだけの些細《ケチ》な魔術で『霧』を黙《だま》らせたライルはすんなりとルーナリアに走り寄り——正気を失った者への至極《しごく》まっとうな対応を行った。

「——ごめん！」

　ぱんっ！

　頬《ほお》を叩かれよろめいたルーナリアの身体を、ライルはさっと抱《だ》き留《と》めた。

「…………ライル、さ、ま……？」

　ルーナリアが茫然と呟《つぶや》く。琥珀眼は輝《かがや》きを潜め、『霧』も文字通り霧散した。

「大丈夫《だいじょうぶ》？」

「あ、はい……」

　返事をしたルーナリアだが、すぐに頭を揺らしてぐったりしてしまう。突発的《とっぱってき》な魔術行使のせいか、心に受けたショックのせいか、一気に疲労《ひろう》が襲ってきたらしい。

　ライルは脂汗《あぶらあせ》をかきながら、気絶したルーナリアを必死で支えた。小柄《こがら》な少女の重さに耐えるように眉を歪める。

「……きっついなぁ……」

　千切れた筋肉線維《せんい》が熱を発し、全身がぴりぴりと痛み出した。

　魔術の反動である。

比較的《ひかくてき》容易とはいえ、肉体へ作用させる魔術は〝揺り戻し〟が厳しい。

ルーナリアを背負《せお》い、酷《ひど》くなっていく筋肉痛に顔をしかめながら、ライルは馬車を拾うべく表通りへ引き返した。

※　※　※

「はあっ、はあっ…………あ、あれはなんだったんだ……？」

敵意を持って襲いかかる霧──貴族の少年たちはお伽話《とぎばなし》の魔物《まもの》でも見たように顔を青ざめさせ、一心不乱に走り続けていた。

不意に、最後尾《さいこうび》にいた少年がつんのめってひっくり返る。

びくっとして残りの四人が振り向くと、女物のブーツが目に入った。

「……よくもまぁ、バカな事をしてくれたもんねぇ」

声がして、足を突《つ》き出しコケさせた犯人が姿を現した。

薄暗《うすぐら》い路地裏でも鮮やかな赤銅色《しゃくどういろ》の髪《かみ》に、切れ長の翡翠《ひすい》の眼。

「ま、マリーア・ハイライン……」

「分かってるわよね？　自分たちが何をしたのか？」

翡翠の瞳に見間違《みまちが》えようのない憤怒《ふんぬ》を燃やし、マリーアは雌獅子《めすじし》のように牙《きば》を剥《む》いた。

「敵意を向けたら——敵意を向けられても文句ないわよね！」

言うが早いか、マリーアは背後に背負っていた長い布包みを振り被《かぶ》って走り抜けた。

「げぇ！」

マリーアの攻撃は苛烈《かれつ》だった。武器となった布包みをバトンの様に振り回し、少年たちの胃や肝臓《かんぞう》に強烈な突きを見舞《みま》う。抵抗しようという者もいたが、

「この女——あがっ！」

突き出された拳《こぶし》を布包みの端《はし》で弾《はじ》くと同時に、もう一方の先端《せんたん》を腹にめり込ませる。衝撃で意識が飛びかけた少年の鼻面《はなづら》に、マリーアは容赦なく頭突《ずつ》きを喰《く》らわせた。

美しさは皆無《かいむ》の荒《あら》っぽさだが、的確に急所を打ち抜く戦い方は、彼女が何らかの戦闘《せんとう》技術を学んでいることを匂《にお》わせる。

マリーアはあっと言う間に、身体だけは大人の四人の少年たちを地面に叩き伏せた。

「な、なんでこ、こんな……」

一人残ったゲリムが擦れ声を洩《も》らした。

なんでこんな目にあわなきゃならないんだ？　そんな思いが透《す》けるゲリムに、マリーアはいまだ収まらぬ怒《いか》りの眼差《まなざ》しを向ける。

「……あんたを残した意味、分かるかしら？」

マリーアは手にした包みの布を解いた。布がはらりと地面に落ち、木材の匂《にお》いが漂《ただよ》ってきそうな最新の長身銃《ライフル》が露《あら》わになる。

マリーアはポケットから銃弾《じゅうだん》を取り出すと、慣れた操作で装填《そうてん》。音を立てて遊底《ボルト》が固定され、線条が覗《のぞ》く銃口がゲリムへ向けられた。

「あ、な、なあ――」

「酔狂《すいきょう》だとは思わないことね。戦場帰りの猟兵《りょうへい》にみっちり教えてもらったんだから」

喋《しゃべ》っていても揺れない銃口や、自然と肩幅《かたはば》ほどに開かれた足、溶接《ようせつ》されたようにライフルを支える両手。それらが言葉よりも雄弁《ゆうべん》に素人《しろうと》でないと語っている。

「ライルにちょっかい出すだけでも許せないけど――本当に撃《う》つとはね」

「ま、待て、待ってくれ――」

「黙ってろ下種野郎《やろう》！」

バァン！

拳銃よりはるかに大きな銃声とともに撃ち出されたライフル弾は、マリーアの狙い通り、ゲリムの右腕《みぎうで》を掠《かす》めて通り過ぎ、路地に転がっていた木箱に着弾《ちゃくだん》して粉微塵《こなみじん》にした。

「……え？」

自分の右腕の灼熱感《しゃくねつかん》に少し遅《おく》れて気付くと、ゲリムは傷を押さえて地面を転げまわった。

「ぎゃあああっ！　腕《うで》が！　オレの腕がぁぁあああ！」

「やかましい！　掠り傷《きず》でがたがたぬかすな！」

無様にのたうつゲリムに近づくと、堅《かた》い銃床《じゅうしょう》を振《ふ》り下《お》ろす。静かになったゲリムを見下ろし、マリーアは忌々《いまいま》しい顔で悪態をついた。

「あたしとしては四肢《しし》を撃ち抜いても気が収まらないけど、ライルはそんなの望まないでしょうからね。感謝はライルになさい」

それだけ言うと赤銅色の髪を掻《か》き上げ、ようやくひと心地《ごこち》付いたように肩《かた》の力を抜いた。

マリーアが片付けるのを待っていたように、メイドのミラが声を掛《か》ける。彼女は心底ほっとした顔をして、

「――お嬢《じょう》さま」

「ハラハラしましたよ」

「どこがよ。あなたの助けが必要な連中じゃないわ」

「いえ、いつ最後の一線を越《こ》えてしまうのかと心配で心配で」

「殺しゃしないわよ、こんな連中」

マリーアは気絶した少年たちをブーツで小突《こづ》いた。

「弾も金ももったいないわ…………ん？」

マリーアは顔を上げ、路地の奥《おく》の暗がりを怪訝《けげん》な目で凝視した。

「誰《だれ》か居ました、ね」

ミラも主と同じ方向を見て呟く。

「……まぁ、誰だかは想像が付くわ」

マリーアは髪を掻き上げ、ブーツの踵《かかと》をカッと打ち鳴らした。

「さて——こいつらを片付けましょ。いろいろ因果を含《ふく》めないと、ね」

彼らを叩き潰《つぶ》したのは怒りもあるが、あの光景の目撃者《もくげきしゃ》を放っておけなかったからだ。

魔術がお伽話の産物とされるこのご時世では、先ほどの事件を話されたところで笑い話だろうが、『話したって無駄《むだ》だ』と言い含めるのは必要だろう。

「……できるなら、もうライルにあんな思いはさせたくないしね」

マリーアは銃把を握りしめ、決然と顔を引き締《し》めた。

6

お逃《に》げなさい、と誰かが言った。

その言葉に従い、少女は逃げた。

霧の血族――その名に相応《ふさわ》しい、霧の結界に包まれた穏《おだ》やかな故郷。だが今や、渦巻《うずま》く炎《ほのお》と飛び交《か》う銃弾が白き霧を吹き飛ばし、黒煙《こくえん》と血臭《けつしゅう》が嵐《あらし》の如く吹き荒《あ》れていた。

城は崩れ、森は燻《くすぶ》り、すべてが幻《まぼろし》の如く溶《と》けて行く。

炎が迫る。少女は再び逃げ出した。

だが逃げられない。炎はどこまでも追ってくる。

お前も消えろ――炎が囁《ささや》く。お前も溶けろ。お前も崩れろ。夢のように、陽炎《かげろう》のように。

それが運命《さだめ》だ。お前たちは消える。それが運命《さだめ》。受け入れろ。受け入れろ……

炎が追い付き、少女の足を捉《とら》えた。

受け入れろ受け入れろ。炎の囁きが冷たく浸《し》み込み、少女は悲鳴を上げた。

※　※　※

「――目が覚めた？」

ルーナリアが眼を覚ますと、ライル・バルトシュタインが心配げな顔で見下ろしていた。

ソファに寝《ね》かされていたルーナリアは、掛かっていた毛布をずらして身を起こした。

オイルランプの明かりが揺れている事から、すでに陽《ひ》も落ちているようだ。かなり長い時間気を失っていたらしい。

「……申し訳ありません、ライル様」

起き上がり、ルーナリアは頭を下げた。

もっとも、言うほどに申し訳無さもなかった。ごく普通《ふつう》の反応を返しただけだ。

ルーナリアが顔を上げると、ライルは戸惑《とまど》ったような顔をこちらに向けていた。手にはハンカチを握っている。

仕草だけで問い掛けるべく首を傾《かたむ》けると、自分の手の甲《こう》にぽつりと水滴《すいてき》が落ちた。瞬《まばた》きして視線を動かすと、さらにぽたぽたと。

「…………」

おずおずと自分の目元に指を伸ばす。頬までがしとどに濡《ぬ》れていた。

「大丈夫かい？」

ライルが涙《なみだ》を拭《ふ》こうとハンカチを近付ける。

「ッ！」

ルーナリアは反射的にライルの手を弾いた。彼《かれ》が握っていたハンカチが床《ゆか》に落ちる。

「……ッ！　見るな！」

反射的に『霧』を発する。ライルが『霧』の圧力に押されて尻《しり》もちをついた。

「見るな……見るなっ！」

ルーナリアは両手で顔を隠し絶叫した。

涙を流す必要などない。

泣く理由などどこにもない。

それなのに——何で自分は泣いているのか？

『霧』が波立つルーナリアの胸の内を示すように荒れ狂《くる》う。積み上げられた本や書類が宙を舞《ま》い、机や棚《たな》がガタガタと震《ふる》えた。

「落ち着いて！」

ライルは頭を押さえて床に這《は》いつくばり、頭上を飛び交う暴威《ぼうい》をやり過ごした。

ようやく『霧』が収まると、研究室は竜巻《たつまき》が通り過ぎたみたいに滅茶苦茶《めちゃくちゃ》だった。

散らばった本を退けながら立ち上がったライルに気付かず、ルーナリアはソファの上で顔を覆《おお》ったまま蹲《うずくま》っていた。

「…………許しもなく女の子の泣き顔を見たのは申し訳ないと思うけど」

と、ずり落ちた眼鏡《めがね》の位置を直しながらライルは言った。

「そんなに恥《は》ずかしい事かい？　誰だって泣くだろう？」

「……泣いてなどいません」

ルーナリアは顔を隠したまま、なんとか平坦《へいたん》な口調で返事を試みる。が、声は自然と嗚《お》咽《えつ》を噛み殺すようになった。

「泣いてるじゃないか？」

「泣いていません」

「いや、泣いてるでしょ？」

「泣いてません。けして泣いてなどいません」

「いやいや、泣いてるじゃないか！」

「泣いてません！　泣いてないったら泣いてません！」

終《しま》いには叫《さけ》んでいた。

思わず顔を上げてしまったルーナリアは、きりりとライルを睨《にら》み付けた。

「……あなたは、何なんですか？」

「何、って言われても……」

「手篭《てご》めにするならさっさとすればいいでしょう！　使い魔《ま》にしたいというなら〝制約〟でも〝調伏《ちょうぶく》〟でもすればいい！　さぁ、さっさとなさい！」

「無茶《むちゃ》言うなぁ……」

ライルは頭痛を堪《こら》えるように眉根《まゆね》を揉《も》むと、姿勢を正してルーナリアに向かい直った。

「……僕《ぼく》は君を束縛《そくばく》しようとか利用しようなんて思ってない。恩に着せるつもりもないよ」

「なら、何で私を助けたりしたのです？」

「困ってる人を助けるのに理由がいるの？」

ライルは首を傾《かし》げた。

心底そう思っているような、衒《てら》いのない仕草だった。

「……私は困っていませんでした。見世物小屋の時も、攫《さら》われた時も」

ライルの答えに、ルーナリアは同情を超えて絶望的な気分になる。

自分は困る必要などないし、泣く理由もない。

何故《なぜ》なら、自分は死人だからだ。

助けられる筋合いも、その救われる価値もない。

――この少年は、まったく何も分かっていない。

ルーナリアの胸中に、ざわりと蠢くものがあった。

「……あなたは私が感謝するとでも思っているんですか？」

この勘違《かんちが》いした少年を思い知らせてやろう。能天気で他人の善意を疑いもしないその顔に、失意と怒りを塗《ぬ》りたくってやろう。

この間違《まちが》いの涙ごと、この少年を否定してやる。

ルーナリアはうつろな顔を、冷え冷えとした悪意で歪ませた。

「……善意で助けたのでしたら、まったくの無駄でしたね。私、あなたのような人が大嫌《だいきら》いです。虫唾《むしず》が走ります。他人の為《ため》なんておためごかしを嘯《うそぶ》くあなたは——単なる偽善者《ぎぜんしゃ》です」

「知ってるよ」

と、ライルはさも当然のように頷《うなず》いた。

「君を助けたのは僕の独り善がり。単に僕が僕の気分を良くする為にやった事だ。そもそも〝人の為〟とか〝人助け〟なんて偽善《ぎぜん》以外の何物でもない。偽善だから理由もないよ」

ともすれば露悪《ろあく》的にも聞こえるが、自嘲《じちょう》するでも気分を害した様子でもなく、まるで『1＋1＝2』と当たり前の答えを述べる口調である。

ルーナリアは二の句を継《つ》げず言葉を詰《つ》まらせた。

ライルは平静な顔のまま研究室を見回し、

「……この有様じゃこの部屋で寝る事も出来ないし、今夜は寮《りょう》に戻るよ。君は引き続きそのソファを使って。もし、もうここに居たくないって言うなら勝手に出て行ってくれて構わないけど……行く当てもないなら、しばらくここに居ても良いんじゃないかな？　少なくとも、僕の気分は良くなるよ。――おやすみ、ルーナリア」

そう言って、静かに研究室を出て行った。

ルーナリアは置き去りにされたように途方《とほう》に暮れた。

「……何よ……何なのですかあの男は！」

激情に任せてルーナリアは叫んだ。

怒りと悔《くや》しさに顔を歪ませているのに気付き、ルーナリアは手ひどく打ち負かされた気分になって俯《うつむ》いた。

「……私は泣いてない。泣く必要もない。だから泣いてなどいない……私は……」

消え去るべき存在。間違って動き続ける死人――それがルーナリア・ネブラブルートだ。

泣く理由も悲しむ必要もありはしない。そういう存在の筈《はず》だ。

「……泣いてないったら泣いてない………」

呟くが、なんとも白々しかった。

あの少年は結局、ルーナリアが泣いてないとは認めなかった。

ルーナリアの言葉をするりとかわし、自分の言葉をぽんと置いて去ってしまった。

「………くやしい……」

不公平じゃないか、とルーナリアは思った。

自分ばかりが一方的に振り回されて……なんてにくらしい男なのだろうと唇《くちびる》を噛《か》む。

「…………」

ルーナリアはソファの足元に落ちたハンカチを拾い上げた。すでに濡れているその感《かん》触《しょく》から、自分がずっと泣いていたのだと知れた。

「……泣いた顔を見られたの、はじめて、です……」

呟くや、ルーナリアは隠《かく》れるように毛布を被った。

毛布には、やはり独特のにおいがして……その正体に、彼女は唐突《とうとつ》に気付く。

「インクの、におい……？」

この部屋と、その主になんとも相応しいにおいだ。

まだ、あのにくらしい少年がそばにいるような気分になって、ルーナリアの泡《あわ》立《だ》った胸中はなかなか収まらなかった。

三章　赤銅《しゃくどう》の令嬢《れいじょう》

1

怯《おび》えた。

少女は恐怖《きょうふ》した。

解《わか》らないものに、分かっていた筈のものに、ワケも判《わか》らず少女は震えた。

怯え、恐《おそ》れ、震えた後——少女はようやく理解した。自分が何も知らない小娘《こむすめ》なのだと。

ちっぽけで、取るに足らない、つまらない凡人《ぼんじん》であると納得《なっとく》した。

それが、少女の誇《ほこ》りになった。

誇りは今も、少女の胸にある。

※　※　※

ライルが朝起きると、昨夜ベッドに入る前に脱《ぬ》いだ靴《くつ》の位置が微妙《びみょう》にずれていた。逆さに振ると、大量の釘《くぎ》と捩子《ねじ》がザバッと零《こぼ》れた。

「……引っ掛からなくてごめんねへイゼル」

向かいの空のベッドに、ライルは溜《た》め息交じりに謝《あやま》った。

寮を出る間際《まぎわ》、冷蔵庫から適当な食材を拝借して布に包《つつ》む。研究室への道すがら、さてどんな顔をしようかと思考を廻《めぐ》らす。

「うーん……気まずい……」

泣き顔を見たのは不可抗力《ふかこうりょく》だが、女性が理屈《りくつ》じゃないのはマリーアで経験済みである。一番無難なのは素直《すなお》に謝ることだが……

「……泣いてたのを『泣いてない』なんて言われてもな」

意地を張るのとはまた違《ちが》う切実な理由から、ルーナリアは涙を否定した。多分、彼女《かのじょ》の捨《す》て鉢《ばち》な態度も同じ理由なのだろう。

彼女はどうあっても、『自分は何の価値もない』と思いたいようだ。

「……嫌《いや》だよな、そういうのは」

かつて、ライルの師であるエルルーア・アゾートは自らの魔術《まじゅつ》を指して『消え去るのを待つばかりの技術』と言った。いかにも皮肉っぽくこき下ろしたが、ライルは師の顔に浮かぶ微《かす》かな悲しみを見逃《みのが》さなかった。

だからエルルーアが科学を啓蒙《けいもう》しても、ライルは魔術の研究を止めなかった。価値のないものなんてない。消えるだけものなんてない。そう思いたかった。

ルーナリアを助けようと思った理由をあえて挙げるなら――彼女があまりにライルの願望《ねがい》と真逆だったからだろう。

「……彼女が『泣いてなかった』とは絶対に認めちゃだめだな」

決意を新たにすると、研究室のある雑居棟《とう》に辿《たど》り着く。軋《きし》む階段を上がり薄暗い廊下《ろうか》を抜《ぬ》け、ライルは息を吸って研究室のドアをノックした。

コンコン――どしゃっ、ばさばさっ！

「…………」

まるで、ノックに驚《おどろ》いて転んだ拍子《ひょうし》に抱《かか》え込んだ本を落とした音――に聞こえた。

「……失礼しまーす」

自分の研究室のドアをおずおずと開くと、発生したばかりらしい埃《ほこり》が舞っていた。

おまけに、本の山に半ば埋《う》もれた少女のスカートがめくれ上がり、ライルに向かって下着を露わにしていた。

「…………」

『…………』

なんとも言えない沈黙《ちんもく》。

やがて細い両足がばたばた踠《もが》いて、本の山に埋もれていた上半身が引きずり出された。

「……おはようルーナリア」

「おはようございます、ライル様」

ルーナリアは昨日の泣き顔の余韻《よいん》もなく、相変わらずの無表情でライルを見返した。

「……」

「……………」

ライルは何と言うべきか迷って口を閉ざし、ルーナリアはじっと視線を動かさない。

気まずい沈黙が流れるが、

「………………いやらしい」

ぼそっと漏《も》れた一言に、ライルはびくりと身を引いた。

ルーナリアはくるりと身体を回し、床に落ちた本を拾いはじめた。

「………ええと、ルーナリア？」

「はい。何でしょうライルさま？」

呼び掛けに振り向かず、ルーナリアは平坦な声で返事した。

「……何をやってるんだい？」

「片付けです」

ルーナリアは本を抱え、本棚《ほんだな》に並べ直してゆく。

「私が散らかしてしまったものです。それに、私はライルさまの秘書なのでしょう？　ならばこの部屋の整理《せいり》整頓《せいとん》は私の仕事です」

蒼褪《あおざ》めた銀髪《ぎんぱつ》を揺《ゆ》らし、ルーナリアはせっせと本を並べ直す。

だが彼女の動きは妙《みょう》にたどたどしく、崩《くず》れた本を再び積もうとする度に、

――ドサドサッ――

「…………」

――ドサドサドサッ――

「…………！」

――ドサドサッ、バタンッ。

「手伝おうか？」

「いえ。お節介《せっかい》には及《およ》びません」

ルーナリアは素知らぬ顔で言う。

「……整理するのでお散歩でもして来て下さい。それともライルさまには女性の涙だけで

は飽《あ》き足《た》らず、労苦の汗《あせ》まで観賞《かんしょう》する趣味《しゅみ》もおありなのですか?」

慇懃無礼《いんぎんぶれい》の見本みたいに言うのだが、耳が赤く染まっていては形無しだった。

ライルは必死で笑いを噛み殺し、限界が来る前に廊下へ脱出《だっしゅつ》する。

「くっ、ふふ……意外と不器用なタイプなんだな」

意外と、素の部分は負けず嫌《ぎら》いで天《あま》の邪鬼《じゃく》なのかも知れない。おまけに、無表情ではあっても感情を隠すのが苦手のようだ。

ライルは微笑《ほほえ》ましい気分になって、朝食の包みを扉《とびら》の前に置いて研究室を後にした。

学院の敷地《しきち》はまだ静かなままだ。せっかくの休みである。寮生《りょうせい》たちは泊《と》まりがけで遊んでいるか、いまだ惰眠《だみん》を貪《むさぼ》っているのだろう。

特に目的地もなく歩いていると、静かな中でやけに活発な一角に行き着いた。古式ゆかしいダンスホールに、多くの生徒たちが出入りしている。

「そう言えば、明日は生徒会主催《しゅさい》の舞踏会《ぶとうかい》か」

貴族の子弟《してい》や裕福《ゆうふく》な高級市民が多く所属するだけに、ヴェルゲンハイム学院は園遊会や舞踏会といった優雅《ゆうが》な催《もよお》しが多く行われる。

春炎祭最終日に開かれる舞踏会も人気ある恒例《こうれい》行事のひとつだ。短期休暇《きゅうか》の前にはエスコート相手を探して、多くの男子が女子に告白しまくる光景がそこかしこで見られた。

準備に精を出す生徒らに知っている顔を見つけ、ライルはかるく手を上げ近寄った。

「おはよう、ヘイゼ、ル……」

「……オハヨウ、ライル・バルトシュタイン」

骸骨《がいこつ》の眼窩《がんか》みたいに落ち窪《くぼ》んだ目をギロリと向け、ヘイゼルは陰々《いんいん》と挨拶《あいさつ》を返した。

「……ほんとうにヘイゼル？」

「それ以外の何に見えるってんだコラ！」

ヘイゼルは手にしていた大工道具を放り出して喚《わめ》いた。

「おのれオノレ……許すまじ……」

ライルは助けを求め、騒《さわ》ぎに気付いた他の生徒に顔を向ける。だが、彼らも多かれ少なかれヘイゼルに似た険しい目つきを返してくる。

「……ライルよ」

「な、なに……？」

「ここで準備してる奴《やっ》らがどういう人種か分かるか？」

「生徒会の手伝いをする心優《やさ》しい人たち……じゃないんだよね、きっと……」

「ああ。此処《ここ》にいるのは女との予定もなく、労働するしかないアワレな野郎《やろう》どもだ」

休暇前の飛び込み告白で撃沈《げきちん》した男子たちが、血走った眼をギラギラ輝《かがや》かせる。

気圧《けお》されるライルに、ヘイゼルは優しすぎる声音《こわね》で語り掛《か》けた。

「なぁ、ライル？　世の中の男には二種類いると思わないか？」

「……どうだろう。二種類だけとは言えないんじゃないかな……？」

「いや、真に重要なのは二種類だけだ。女に縁《えん》がない男と……女に縁のある男と」

ザッ！

ヘイゼル達が一斉《いっせい》に一歩踏《ふ》み鳴らした。

「……きっと俺《おれ》らと違い、ライル・バルトシュタイン様は舞踏会のエスコート相手には不自由しないんでしょうなァ」

「いや、そもそも舞踏会の事なんてすっかり忘れてて――」

「ふざけるな！　慌《あわ》てるまでもないってことかコラ！」

「ぐっ、うらやましくなんてないんだからね！」

「男子の憧《あこが》れ、『炎《ほのお》の薔薇《ばら》』マリーア・ハイライン嬢《じょう》と幼馴染《おさななじ》みというだけに留《とど》まらず」

「可憐《かれん》な秘書まで雇《やと》ってあんなことやこんなことを！」

何故かルーナリアの事が速攻《そっこう》で知れ渡《わた》っている。今度、噂《うわさ》の伝達速度を数式化してみたいものだ――ここから無事に生き延びたら。

血と女に飢《う》えた男子どもに、ライルはじりじりと距離《きょり》を取った。

「男の異端審問《いたんしんもん》を行う！」

　ヘイゼルが背後の男子に大声で問い掛ける。

「被告《ひこく》、ライル・バルトシュタインの罪状は如何《いかん》⁉」

『大罪のひとつ、淫蕩《いんとう》罪が適当かと！』『淫蕩罪！　淫蕩罪！』

「有罪か否《いな》や⁉」

『有罪！　有罪！』

「ならば与《あた》えるべき罰《ばつ》は如何！」

『窃盗《せっとう》なら手を斬《き》れ！』『虚偽《きょぎ》なら舌を抜け！』『淫蕩なら――切り落とせ！』

「よろしい！」

　陪審員《ばいしんいん》たちの決定を受け、ヘイゼルはライルに向き直った。

「ま、待った！　濡れ衣《ぎぬ》だ！　誤解だ！　弁護の機会を――」

「弁護も情状酌量《じょうじょうしゃくりょう》もない。男の異端審問には実刑《じっけい》あるのみだ」

『然《しか》り！　然り！』

「いつの時代の裁判だ！」

「安心しろ。ほんとに切り落としはしない。それは単なる例えだ」

「そ、そうなんだ……」

「ただ、大きさやら長さやらの事細かな情報《データ》を学院全体にばら撒《ま》くだけだ」

「切った首を晒《さら》すような最低最悪の極刑《きょつけい》じゃないか！」

巻尺や三角定規、挙句は天秤《てんびん》まで構えたヘイゼルたちの本気を感じ取り、ライルはびっしりと冷や汗を流した。

いざ、と男子たちが身構えた——その瞬間《しゅんかん》を見計らったように、

「——なかなか面白《おもしろ》い光景だな」

柔《やわ》らかいが力強いその声に、聞いた者すべてが動きを止めた。

「朝から元気だ。感心感心」

二声目で、皆《みな》の目が一斉に動いた。

引き締《し》まった長身を高級な衣装で包んだ若者が、すべての視線を鷹揚《おうよう》に受け止めた。

引力、と言うべきか。彼《かれ》の放つ気配は業物《わざもの》の剣《けん》に似ていた。鋭《するど》い気配を発しながら、人目を引く妖《あや》しい魅力《みりょく》を備えている。

「——やあ、ライル・バルトシュタインくん？」

ヴィルヘルム・ゼストは、にこやかな顔をライルに向けた。

次いで、計量器具を構えた男子生徒たちにも微笑み掛けた。

「少し、彼の身柄《みがら》を借りてもいいかな？　少し話したい事があってね」

「は、はい……」

毒気を引き抜かれたようにヘイゼルたちが頷いた。

ヴィルヘルムが登場しただけで、場の空気は一変していた。

ヴィルヘルムはその力強い視線を再度ライルに向け、安心させるように目を細めた。

「そういう訳だ。すこし良いかな?」

「……はい」

ライルは警戒《けいかい》しながらも頷き、ヴィルヘルムの後に付いて行った。

2

ヴィルヘルムがライルを連れていった先は、人気のない蓮池《はすいけ》に作られた東屋《あずまや》だった。

設《しつら》えられたテーブルに向かい合って座《すわ》ると、ヴィルヘルムは速《すみ》やかに頭を下げた。

「——昨日は失礼をした。ゲリム達の暴走には俺にも責任がある。本当にすまなかった」

「あ、いえ……」

纏《まと》った威厳《いげん》と裏腹な素直さが、ライルの意気を挫《くじ》いた。

ヴィルヘルムは頭を上げると、心から安心したように笑い掛ける。

「怪我《けが》がなくて良かった。昨日もさっきも、ね。君を損《そこ》なう事はこの国の損失だからな」

「そんな。大げさすぎますよ」

「謙遜《けんそん》だな。科学者にして魔術師《まじゅつし》たる《最後の魔女《まじょ》の弟子《でし》》よ」

「！」

さらりと述べられたセリフに身体が固まる。

だが、それもほんの刹那《せつな》。ライルは眼鏡《めがね》の位置を直しながらしらばっくれた。

「仰《おっしゃ》ってる意味が――」

「ああ、警戒する必要はない。俺にとっては魔術師など、驚くべきものではないよ。我がゼスト辺境伯《はく》家は東部を守護してきた辺境騎士団《きしだん》の責任者。そういう立場だと、何かと技術者を庇護《ひご》する機会は多い。優《すぐ》れた戦士、優れた建築士、そして――優れた魔術師とか、ね。暗黒時代には多くの魔術師を匿《かくま》い、幻想種《ファンタズマ》とも密約を交《か》わしたほどだ」

「……なるほど」

いかに魔術師や幻想種が浮世《うきよ》を厭《いと》って隠棲《いんせい》しても、厳然として存在する以上関係者が居るのは当然だ。その中には実力者の庇護を受ける者もいただろう。

「……それで、ゼスト卿《きょう》」

「ヴィルヘルムでいいよ。何なら愛称《あいしょう》で『ヴィル』と呼んでも構わない」

ヴィルヘルムはにこやかに訂正《ていせい》した。

妙に友好的だ。

なにがそんなに気に入られたのか疑問に思いながら、ライルはそのまま話を続けた。

「……ゼスト卿。あなたが魔術師を認知《にんち》しているのは分かりました。ですが、現在の社会で『魔術師』が忌避《きひ》すべき迷信《めいしん》の産物とされているのも事実です。あなたは僕《ぼく》をどうされるおつもりですか？」

「ヴィルで良いと言ったのに」

眉《まゆ》を歪《ゆが》めるヴィルヘルム。本当に傷付いたような表情だった。

「――君をどうしたいか、ね。単刀直入に言えば、『まずはお友達からはじめましょう』といったところかな？　時代遅《おく》れの異端審問にかけようとか、世間からの目を悪化させてやろうなんて考えちゃいないさ」

「それを信じろと？　昨日の彼らは、僕を目障《めざわ》りな羽虫みたいに嫌《きら》っていましたけど？」

「それは連中が阿呆《あほう》だからさ」

爵位《しゃくい》を持つ生粋《きっすい》の貴族は、にこやかな顔で貴族の子弟らを嘲《あざけ》った。

「貴族に最も必要な資質が何か分かるか？　権力？　財産？　それとも血筋？　違うね。貴族と呼ばれる人間が持たねばならないのは、価値を見極める眼だ」

ヴィルヘルムはそう言うと、両の眼をライルに注いだ。

「――貴族とは管理者だ。時代が移っても貴族が貴族たらんとするなら、正しい管理者であり続けなければならない。君には〝価値〟がある。それを見極められなかったゲリム達は、残念ながら無能と言わざるをえない」

「……それこそ正しい目利《めき》きとは言えないと思いますけど？　あなたも《最後の魔女の弟子》という仇名《あだな》に目が曇《くも》ってはいませんか？」

「またまた謙遜だな。なら三年前、君が提唱した『蒸気演算概論《がいろん》』はどう説明する？」

「なっ――」

今度こそ、ライルは言葉を失った。

ヴィルヘルムは我が意を得たりと笑《え》みを深める。

「やはり、か。蒸気機関で動く自動機械――あの論文は実に衝撃的《しょうげきてき》だった。表向きはエルルーア・アゾートの名で流布《るふ》しているが、あれは君の発想《アイデア》によるものだろう？」

「……なんで、そう？」

「売名行為《こうい》に関心のなかった最後の魔女が、あの概念《がいねん》だけは積極的に発表した。何故《なぜ》かと思ったが、こう考えれば説明が付く――あまりに幼い君の才能を守る為《ため》だった、とね」

「………………」

ライルは無言だった。ヴィルヘルムの言う通りだったからだ。

「あの概論をたった十三で構築したのは、もはや天才と呼ぶ以外にない。それを踏まえ、改めて言おう。――ライル。俺と一緒《いっしょ》に来い」

ヴィルヘルムはライルへと手を差し出す。

「俺は君が欲《ほ》しい。君の才能は巨大《きょだい》な可能性を秘《ひ》めている。その価値を、俺は最大限に尊重しよう。君の成したい事を成す手伝いを、俺にさせてくれないか？」

彼の言葉は若くして辺境伯を受け継《つ》ぐことを認められただけある、人を引き付ける力強さに満ちていた。男なら頭を垂れ、女なら抱《だ》かれたいと思わせる。

管理者の――支配者の声、だ。

ライルでさえ、この男に仕えてみたいという気持ちが鎌首《かまくび》をもたげるのを感じた。

「……光栄ですが、遠慮《えんりょ》します」

が、ライルはそう言って首を横に振《ふ》った。

ヴィルヘルムは意外そうな顔で小さく唸《うな》る。

「ふむ……何故かな？」

「僕にはそれほどの価値なんてないからですよ。少なくとも僕自身はそう思ってます」

「人間、自分の価値は過大するか過小するかで上手《うま》く捉《とら》えられないものだ。君は君自身を判っていないよ」

「そうでしょうか?」

「ああ。俺も、そうだからな」

ヴィルヘルムはあくまで優雅に肩《かた》を竦《すく》めて言った。

「俺も、他《ほか》ならぬ〝己《おのれ》の価値〟だけは把《は》握《あく》できない。それが俺の原動力でもある。俺は俺の価値を知る為に挑戦《ちょうせん》し続ける」

「自分の価値……」

「君も同じだ。違うのは、俺は過大な自分を裏付けようとし、君は過小な自分に満足している──否《いや》、満足しようとしている。違うかな?」

「そんなことは──」

「嘘《うそ》、だな」

ヴィルヘルムは頑《かたく》なな子供に向けるような笑みを浮《う》かべた。

「それは本心じゃない。君は君の力を振るいたくてしょうがない筈《はず》だ」

「そんなことは──」

「君が自分の力を畏《おそ》れるのは、マリーア嬢が君の才能《ちから》だけを必要としている、と疑っているからだろう」

「…………」

「ふふっ。君は自覚している事を指摘《してき》されると無言になるな。かわいい癖《くせ》だ」

「茶化《ちゃか》さないで下さい」

「茶化してなんていないさ。親しい少女からの好意が〝自分〟と〝才能〟のどちらに向けられているのか……実にかわいい悩《なや》みだ。すぐにでも解決できるような、な」

「…………」

「そう、才能を示すだけでいいのさ。才能もまた君の力だ。それを発揮して彼女の歓心を得るのに何を悩む？　なればこそ、俺と来るのは近道と思わないか？　君の力を確立して、そうして彼女を迎《むか》えに行けばいい。だろう？」

「…………」

ライルは差し出された手を引き込まれるように見詰《みつ》めた。思わず、手が上がる。

ヴィルヘルムが満足そうに目を細めた。

「――随分《ずいぶん》とせっかちですね、ヴィルヘルム・ゼスト卿？」

凛《りん》とした声と共に、横から伸《の》びた手がライルの手首をがしっと握《にぎ》り締めた。

ライルの視界の端《はし》で赤銅色《しゃくどういろ》の髪《かみ》が躍《おど》る。

「……マリーア」

ほんの少しの後ろめたさを覚えながら、ライルは幼馴染みの少女の名を呼んだ。

朝一番で学院に向かったマリーアは、研究室にも寮《りょう》にもライルが居ないのを見て取り舌打ちを漏らした。

学院内を探し回っているとダンスホールで舞踏会の用意をする一団を見つけた。

「ごきげんよう。作業中に失礼いたしますが、ライル・バルトシュタインを見かけなかったでしょうか？」

幼い頃《ころ》は礼儀《れいぎ》作法を馬鹿《ばか》にしきっていたマリーアだが、ここ数年は子爵令嬢《ししゃくれいじょう》らしい完璧《かんぺき》な優雅さを心得ていた。その方が都合がいいと悟《さと》ったからだ。

故《ゆえ》にマリーア・ハイラインは学院の男子女子問わず憧れの的だ。成金貴族と蔑《さげす》むのは、ごく少数の貴族だけである。

話しかけられた男子はビシリと背筋を伸ばし、すらすらとマリーアの質問に答えた。

「ありがとう。作業お疲《つか》れ様です。頑張《がんば》ってくださいね」

微笑んで労《ねぎら》いの言葉を掛けると、男子生徒たちは蕩《とろ》けそうな笑顔《えがお》で気を失った。

マリーアは早足でその場を去り、人目がなくなると一目散に走った。

天に祈《いの》りが通じたか、マリーアはすぐにライルを発見した。

しかし、見つけたライルと話していたのは、よりによってヴィルヘルム・ゼストだった。

見つけるや否や風のように滑《すべ》りこむと、ライルは驚《おどろ》いた顔になった。

言いたい事は多々あるが、今は目の前の男を睨《にら》み付けるのが先だった。

「……怖《こわ》いな。そんな顔を向けられると心臓が止まりそうだよ、マリーア嬢」

「小娘《こむすめ》のひと睨みで止まるとは、当代のゼスト卿は随分と繊細《せんさい》な心臓であらせられるのね」

「小娘、ね。仔を守る雌獅子《めすじし》もかくやの眼光を放っておいて、その表現は穏便《おんびん》に過ぎるのではないか？」

「あら？　そんな事を言うからには、あなたが何に手を出したのか十分お分かりのようね」

マリーアは翠《みどり》の眼を鋭く研《と》ぎ澄《す》ませ、斬りつけるように言葉を叩《たた》き付けた。

「——疾《と》くお帰りくださいまし、ヴィルヘルム・ゼスト辺境伯。また頬《ほお》を叩かれたくないのであれば」

「やれやれ……嫌われたものだ」

悲しげに溜《た》め息を吐《つ》くヴィルヘルム。そんな仕草すら女性を蕩けさせる貴公子然とした洗練ぶりだが、マリーアは厳しい視線を一瞬《いっしゅん》たりと弛《ゆる》めなかった。

マリーアも当初、噂に聞くヴィルヘルム・ゼストには敬服に近い思いを抱いていた。

若くして辺境伯——貴族でも高い位を受け継いだヴィルヘルムだが、出自は妾腹《しょうふく》の次男である。想像を絶する苦労があった筈だが、彼は課せられた重圧を尽《ことごと》く試練と変えた。口を開いていれば爵位が与えられると思ってる馬鹿どもとは違《ちが》う。人並外れた克己《こっき》心《しん》と向上心を備えた、貴ばれるに足る人物だとマリーアも思っていたのだ。

それが、顔を合わせて一言二言で印象は反転し、気付けば手を振り抜《ぬ》いていた。明確な理由があった訳ではない。敢《あ》えて言えば〝女の勘《かん》〟だこの男は気に入らない。絶対に分かり合えない——否、分かり合ってはいけない。

その想《おも》いは、今この瞬間も変わってはいない。

「……どうやら、本当に退散した方が良さそうだな」

ヴィルヘルムは首を振って立ち上がった。

「ああ——ひとつ忘れていた。マリーア嬢、昨日君が捕獲《ほかく》したゲリム・シュバッテン以下五人の身柄、俺に引き渡してくれないか？」

「……承服できかねるわね。あいつらはライルに銃《じゅう》を向けた、れっきとした犯罪者よ。引き渡すならあなたではなくて司法の手へ、でしょう」

「もちろんただで渡せとは言わない。連中の口は俺が黙《だま》らせておく。君も連中の囀《さえず》る荒唐無稽な作り話を誤魔化《ごまか》す手間も省けるだろう？」

「連中をけしかけたかも知れない男の言葉を信じろと？」

「少なくとも、俺はライルくんを大きく評価している。その点は信じて欲しいな」

「………………いいわ」

固い面持《おももち》ちのまま、マリーアは頷《うなず》いた。

この男は自らの定めた『価値』観を裏切る真似《まね》はしない。その点だけは信用してもよい。

「今夜にでも使いを出そう。それでは、な。マリーア・ハイライン嬢。ライル・バルトシュタインくん」

自信に満ちた笑みを残し、若き辺境伯は去って行った。

彼の姿が視界から完全に消え、ようやくマリーアはゆるゆると息を吐き出した。

「……一筋縄《ひとすじなわ》でいかないってのは、あーゆう奴を言うのよね」

「マリーア……」

呼び掛けられるや、マリーアはきっとライルの顔を睨み据《す》えた。

「……どういうつもりだったの？」

「はい？」

「あんな奴と手を組もうとしたの？」

ライルがたじたじになるのに構わず、マリーアはきりりと眦《まなじり》を吊《つ》り上《あ》げた。

「十年来の腐《くさ》れ縁のあたしを差し置いて、あんな奴と？」

「ま、マリーア、落ち着いて……」

「落ち着け？　あたしはこれ以上もなく落ち着いてるわよ！」

マリーアは言葉とは裏腹な叫《さけ》び声《ごえ》を上げた。

くやしい、とマリーアは憤《いきどお》った。

やはり自分はライルにとってその程度でしかないのか。

「……あたしだって、もう迷子になるだけの女の子じゃないのよ？　お願いだから、相談くらいしてよ。悩みくらい聞かせなさいよ……」

思わず弱音に近いものを零《こぼ》し、マリーアは顔を俯《うつむ》かせた。ライルの前では背伸《せの》びしてばかりの彼女《かのじょ》には珍《めずら》しいことである。

マリーアにとって、ライル・バルトシュタインは大事な人間だ。家の恩人の形見ともいうべき少年であり、気心の知れた幼馴染みであり、なにより〝魂《たましい》の恩人〟でもある。

だからライルに頼《たよ》られないのは、歯痒《はがゆ》くてしょうがない。

「ま、マリーア……！」

ほとんど見た事のないマリーアの落ち込みように、ライルはおおいに慌てふためいた。

「ご、ごめん！　相談しなかったのは自分が情けなかったからというかマリーアにだけはカッコ悪い姿を見せたくなかったからで、べつにマリーアを蔑《ないがし》ろにしてたわけじゃないんだ！　ごめん！　本当にごめん！　謝《あやま》るから！　ごめんマリーア！」

――おや？

マリーアは必死に謝る幼馴染みに内心驚いた。

普段《ふだん》、事あるごとに誘惑《ゆうわく》してもすげなく流すライルである。こんなに積極的に関心を向けてくれるのは、これまた珍しいことだ。

（いまなら……？）

落ち込んでいたマリーアの中に、むくむくと期待が膨《ふく》らみはじめる。

ずっと手を握り締めていたのも好都合だ。マリーアは拗《す》ねた子供が甘《あま》えるように、ライルの腕《うで》に身体を擦《す》りつける。

「……悪いと思ってる？」

「う、うん……」

押《お》し付けられた胸の柔らかさに、ライルが顔を赤くしてこくこくと頷く。

マリーア自身、顔から火の出る思いで身体を張ってるのだ。恥《は》ずかしがってくれなかったらそれこそ絶望である。

「……なら、明日の舞踏会《ぶとうかい》、あたしのエスコートしてくれる？」

「は、はい……はい？」

ライルが目を瞬《まばた》かせる。冷静さを取り戻《もど》すと、胡乱《うろん》な目付きでマリーアを睨んだ。

「……嘘泣《うそな》きだったの」

「さぁ？　何のことかしら？」

マリーアはここが勝負どころとぐりぐりと胸を擦りつける。弾《はじ》けそうな心臓の鼓動《こどう》が悟られやしないかひやひやするが、表情はあくまで女の色気を演出する流し眼だ。

「ね、『はい』って言ったわよね？　言った以上は、ちゃんと守ってくれるわよね？」

「……わかったよ。約束するよ、マリーア」

降参したように頷くライル。

マリーアは心の中で快哉《かいさい》を叫《さけ》び、思いきりライルの首元に抱き付いた。

「ありがとライル！」

「わわっ！　マリーア――！」

いきなり抱き付かれ、ライルの身体がバランスを崩《くず》した。

ライルはマリーアの勢いを支えきれず、ものの見事にひっくり返る。

「ぐうえッ！」

「ライル⁉」

蛙《かえる》の潰《つぶ》れるような声で呻《うめ》いたライルは、当然のことながら気絶していた。

ルーナリア・ネブラブルートにとって、掃除《そうじ》など初めての経験だった。彼女は霧の血族《ネブラブルート》でおよそ百年ぶりの新生児で、同胞《どうほう》たちに蝶《ちょう》よ花よと大切に扱《あつか》われていた。

だから上手くいかないのは当然なのだ。ルーナリアは一向にはかどらない状況《じょうきょう》にそう言い訳した。言い訳した後で、そんな事を考える自分に驚く。

驚いたといえば、多くの年配の人間たち――みんな『キョウジュ』という職業だった――がライルを訪ねてくることだ。

「君はどちら様かな？」

新しく雇《やと》われた秘書だと答えると、彼らは驚いた後に「そうか、彼も本格的にやる気になったか……だがおのれこんな可愛《かわい》いお嬢《じょう》さんを。うちの秘書は小うるさいバァさんだぞ」と零してから、ルーナリアに書類を渡《わた》して去って行った。

書類には記号と数字がびっしりと書かれていた。この書類をライルに渡して欲しいそうだが、あの少年は妖精語《ようせい》や精霊《せいれい》文字にも匹敵《ひってき》するこの暗号を解読できるらしい。

一日かけて研究室をひとまず元の混沌《こんとん》状態に戻すと、部屋の主が帰ってきた。

「――ソファを貸して」

先ほどやってきてすぐさま出ていったマリーア・ハイラインは、何故か気絶したライルを示してそう言った。

「……何があったのですか？」

「さ、さぁ……？」

ルーナリアが問うと、マリーアは口笛を吹《ふ》きながら部屋を出て行った。

あの口笛は何かのまじないだろうか？　人間の習慣はまだよく分からない。

マリーアはすぐに戻ってきて、その手には水の入った洗面器があった。彼女はソファに横になったライルの枕元《まくらもと》へ寄ると、ハンカチを濡《ぬ》らして彼《かれ》の後頭部に当てた。

マリーアはバツの悪い顔であったが、ライルを手当てする動作は慈《いつく》しみに満ちていた。

ソファの近くに椅子《いす》を寄せ、眠《ねむ》ったままのライルを眺《なが》めながら微笑《ほほえ》む。時折、彼の前髪《まえがみ》を整えてやったりする。

「……マリーア様」

「マリーア」

マリーアが指を振りながら訂正した。

「様だの何だのは、堅苦《かたくる》しい席だけでたくさんだわ」

「……マリーアは、ライルさまとお付き合いが長いのですか？」

「そうね……もう九年と七ヶ月と十八日の付き合いになるわ」

事細かにマリーアは言った。

会った日をしっかり覚えているほど、彼女とライルの出会いは衝撃的だったのか。

「……初めて会ったのは、田舎《いなか》の別荘《べっそう》だったわ」

ルーナリアの内心を読んだわけではないだろうが、マリーアは懐《なつ》かしむような顔で、くすくす笑いながら語りはじめた。

「病弱な母の療養《りょうよう》に、一緒に田舎へ付いて行ってね。その田舎にはハイライン家の恩人であるエルルーア・アゾート先生も住んでいた」

「エルルーア・アゾート……」

「ライルの師匠《せんせい》で、養母でもあった人ね。別荘を訪ねてきたエルルーア先生に連れられてやってきたのが、当時先生が引き取ったばかりのライルだった。あまりにも細くて弱々しくて、あたしの第一印象は『もやしっ子』だったわ」

いまもそれほど変わってないけど、とマリーアはライルの寝顔《ねがお》を見下ろした。

「まぁそんなだから、あたしはライルを子分にして連れ回したわ。『あたしが鍛《きた》えてやる！』ってね。いま思うと……よくもまぁ嫌われなかったものだと感心するわね」

苦笑《くしょう》するマリーアの横顔は、間違《まちが》えようもなく〝恋《こい》する乙女《おとめ》〟の表情《かお》だった。

「その頃から――その、お好き、だったんです、か？」

問い掛《か》けはつっかえつっかえになってしまった。

色恋沙汰《いろこいざた》など経験がないルーナリアにとって、これは初めての〝恋話《コイバナ》〟だった。

ルーナリアの問い掛けに、マリーアは「むっ」と唸って眉根《まゆね》を寄せた。

「気になる？」

「いえ……いいえ、気になります。ライルさまは、私の雇い主《ぬし》でらっしゃるので」

「ふぅん……ま、せいぜい『弱虫の弟』ってところね。あの頃のあたしは『自分より強い男じゃないとヤ』とか言っちゃう夢見がちな女の子だったから」

「では……何故？」

「そこから先は秘密」

凛とした声で言い切ると、マリーアは毅然《きぜん》と立ち上がった。

「——一日で随分顔つきが変わったわね。昨日までは自分で死ぬ気力もなかったのに」

言われ、そんなに変わっただろうかとルーナリアは訝《いぶか》しがった。

「ライルに何か言われた？　いえ——何もなかったから、かしら？」

くすり、とマリーアは笑った。

「あたしは帰るわ。明日の夜に用事が出来たから準備もいるしね。あとはお願い」

マリーアは手を振って部屋を出て行こうとした。

ルーナリアは思わず、

「――あのっ」

「なに？」

「……よろしいんですか？　私のような者が居たら……不愉快《ふゆかい》ではないのですか……？」

なんでこんな事を聞いてしまったのか、ルーナリアにも良く分からなかった。

「ええ、不愉快よ。胸を掻《か》き毟《むし》りたくなるほどに」

その答えを聞き、ルーナリアは心が冷えるのを感じた。かつて嫌《いや》というほど感じ、ついには無くなったと思っていたその冷たさは――喪失感《そうしつ》というものだった。

まさか、自分は失いたくないと思っているのか？

失う物のない自分が、消えて行くだけの自分が、失いたくないなどと思っていたのか？

けれど――いったい何を？

「不愉快だけど、構いやしないわ。あたしはあたしの魅力《みりょく》でライルと勝負してるの。木っ端《こっぱ》の一人二人増えたところで揺《ゆ》らぎはしないわ」

マリーアの言葉に、ルーナリアは知らず知らず俯かせていた顔を上げた。

赤銅色の髪の少女は憮然《ぶぜん》とした表情をふっと緩《ゆる》めて肩を竦めた。

「――ライルもきっと許さないでしょうからね。自分が傷付いても偽善《ぎぜん》だの自己満足だの言い張る、とっても傲慢《ごうまん》なお人好《ひとよ》しなんだから」

とっても傲慢なお人好し。

あの少年を言い表すのに、なんとも落ち着く表現だった。

「だからまぁ、好きにしなさい。あたしも好きにするから」

それだけ言って、マリーアは今度こそ赤銅色の髪を翻《ひるがえ》して去って行く。

ルーナリアは呆然《ぼうぜん》と、マリーアの去って行った扉《とびら》を見つめた。

格好良い少女だった。

ルーナリアはなぜか、自分が情けないと思った。忸怩《じくじ》たる思いを抱く理由も価値も、もはや自分には何もない筈なのに。

何が、あの少女をあんなに格好良く見せているのだろう?

誇《ほこ》らしげな顔で言った『秘密』が理由だろうか?

「……その『秘密』が分かれば、あなたの事も分かるのでしょうか……」

ルーナリアはライルを見下ろして呟《つぶや》いた。

他人の心をかき乱しておいて、気絶したライルの顔はなんとも呑気《のんき》なものだった。

「…………ほんとうに、にくらしい人です」

※　※　※

ゲリム・シュバッテン以下貴族の子弟《してい》五人は深夜になって解放された。ゼスト辺境伯《はく》の使いだという御者《ぎょしゃ》の操《あやつ》る馬車に揺られ、彼らはようやくの自由に安堵《あんど》の溜め息を漏《も》らした。

だが、馬車が郊外《こうがい》に向かっているのに気付き、少年たちの一人が御者に声を掛けた。

「おい、いったい何処《どこ》へ行くんだ？」

「…………」

御者は無言だった。不敬であると叱《しか》ったが、人形のように黙っていた。

馬車が止められたのは、王都郊外の野原のど真ん中だった。天空には分厚い雲が覆《おお》い、正確な場所は測りようがない。

不気味な御者のランプに導かれ、彼らは地面に突如《とつじょ》口を開いた『穴』に辿《たど》り着いた。草が覆う野原の中に、そこだけは人工的なコンクリートで舗装《ほそう》されている。

御者は穴の底へ続く階段を降りて行く。少年たちも仕方なくそれに続いた。

……どれほど下っただろうか。

よほど広大な空間に辿り着いたらしい。御者のランプはただひとつの光源で、それだけでは濃密《のうみつ》な闇《やみ》を晴らすにはまったく足りていない。

だが、彼らの顔を晴らす人物はしっかりと照らしていた。

「ヴィルヘルム様……！」

若き辺境伯が、剣《けん》を杖《つえ》に彼らを待ち構えていた。

少年たちは転ぶようにして駆《か》け寄ると、ヴィルヘルムに向かって首を垂れた。

「お、お許しくださいヴィルヘルム様……とんだ醜態《しゅうたい》を……」

「しかし、朗報が！　あのライル・バルトシュタインは怪《あや》しい魔術《まじゅつ》の使い手です！」

「あいつは少女の姿をした悪魔《あくま》まで飼っています！　すぐにでも異端審問《いたんしんもん》に！」

彼らの弁明を、ヴィルヘルムはじっと聞いていた。いや、聞いているように見えた。

やがて彼らの言葉も尽《つ》きると、ヴィルヘルムは誰《だれ》に向けるでもなく、

「……………………ふぅ」

と、とてもささやかな溜め息を漏らした。

「…………いまの時代に異端審問という言葉が出てくるとは。イルゼシュタイン王国の歴史を忘れたか？　教会の専横に立ち向かった貴族の末裔《まつえい》からそんな言葉が出てくるとは……笑うべきかどうなのか」

——少年たちの何人が、その変化に気付けただろう？

ヴィルヘルム・ゼストがたった今、決定的な判断をしたのだ、と。

「……認めよう。俺《おれ》の愚《おろ》かさを」

「ヴィルヘルム様……？」

「それに……黙らせると約束してしまったし、な」

そう言って、ヴィルヘルムは何の気負いなく剣を抜いた。労うように掲《かか》げられた剣は、肩《かた》を叩くような自然さで少年たちに吸い込まれる。

一閃《いっせん》、二閃──都合四振《ふ》り。

示し合わせたようなタイミングで、四人の少年たちがどぅと倒《たお》れる。

ランプを持った御者は何も見ていないようにぴくりとも動かなかった。

「ひ、ひぃ！」

残されたのは、何の因果かゲリムだった。腰《こし》が抜け、無様にその場にひっくり返る。

「ひぃぃぃぃぃぃぃぃぃぃ！」

「──特に意味はない。ただ剣を振るう順番で君が最後になっただけでね」

声を擦れさせるゲリムに、ヴィルヘルムはごく落ち着いた口調で語り掛けた。

「君らには感謝している。君らのおかげで、主要貴族たちの権力や資産の運用状態も概《おおむ》ね把《は》握《あく》出来た。あとはいつでも自由にできる」

ゲリムは顔を蒼褪《あおざ》めさせた。

有力貴族たちを乗っ取る。ヴィルヘルムはそう言っているのだ。

「だ、騙《だま》したのか……」

「とんでもない。君らさえ有能なら友好的でいられたんだ。だが、どう考えても君らより俺の方が上手《うま》く使えるからね。憎《にく》むべきは自らの限界だよ、ゲリム・シュバッテン」

それは、ある意味これ以上ない貴族的な精神の産物だった。

自分に有用であるかそうでないか——かつて貴族たちが領民に対し行ってきた無慈悲《むじひ》かつ一方的な選別を、この男はすでに下してしまったのだ。

無用と峻別《しゅんべつ》されたゲリムの眼前に、鋭《するど》い剣先《けんさき》が突き付けられた。

それは優美でありながら、禍々《まがまが》しさを感じさせる長剣《ちょうけん》だった。刃《は》は仄《ほの》かに赤く染まり、いまにも血が滴《したた》りそうだ。拵《こしら》えは精巧《せいこう》な細工が施《ほどこ》されていたが、目を引くのは柄元《つかもと》で妖《あや》しく光る宝石だった。黄昏《たそがれ》色の宝石——現在は燃料とされているが、古来には魔力《まりょく》の源と云《い》われた神秘の魔《ま》石——琥珀《こはく》が、睨みつけるようにギラリと光った。

「ま、まって！　待って下さい！　なんでも——何でもしますから！」

「………ふぅ」

小さな溜《た》め息とともに凶刃《きょうじん》が風を切った。

3

春炎祭の最終日、学院の休暇《きゅうか》の最終日に予定されていた生徒会主催《しゅさい》の『仮面舞踏会』はつつがなく始まった。

日が暮れると、ヴェルゲンハイム学院の敷地《しきち》の各所で珍妙《ちんみょう》な格好の人々が現れ始めた。極東に伝わるキモノを羽織った少女もいれば、甲冑《かっちゅう》でやってくる男子生徒もいた。髑髏《どくろ》を模した仮面で死神を気取る者もいれば、伝統的な白仮面に道化《どうけ》の衣装を纏《まと》った者もいる。

学院のダンスホールに続々やってくる凝《こ》りに凝った装いの学生たちを眺め、ライルは早くも頭がくらくらするようだった。

ライルはいたって普通《ふつう》の礼服に、顔の上半分を覆うフクロウを模した仮面を被《かぶ》っていた。獅子《しし》や虎《とら》の毛皮をそのまま着こんでいるような中ではささやかではあるが、仮面を被っている以上問題はない。

ホールの隅《すみ》でぼんやりしていると、ぽんぽんと肩を叩《たた》かれた。何気なく叩かれた方を見て――ライルは「ゲ」と呻いた。

「ライルだろ？　俺だって俺」

頭に矢が刺《さ》さって目玉が飛び出た醜《みにく》い死体が――死体の仮装をした誰かさんは、聞き覚えのある軽い口調で名を呼んだ。

「……もしかしてヘイゼル？」

「おうよ」

死体のくせしてやたら元気に、ヘイゼルは自身の仮装を誇るように胸を張った。

「どうよ、コレ？」

「……よく出来てると思うよ」

「だろ？　バイトしてる劇団の小道具係に飾《かざ》ってもらってな。さすがはプロの仕事だぜ。びっくりしたろ？」

「うん。びっくりしたよ」

「この見事な仮装ならどんな野郎《やろう》よりも目立てるぜ。女もどっきりびっくりうっとりってもんよ」

本人はいたって満足そうなので、ライルは何も言わず頷いておいた。

「けど、よく僕《ぼく》って分かったね？」

「女にキョーミなさそうに立ってるからな。見ろよ、気の早い奴《やつ》はもう始めてる」

ホールの各所ではさまざまな人々が談笑《だんしょう》しつつ、こそこそっと耳打ちしている様子も見受けられた。

この仮面舞踏会は一種のゲームでもあって、生徒同士の名前当ても趣旨《しゅし》の一つなのだ。自分はちゃんと君を見つけられるんだよ、とロマンチックな告白の機会を提供しようというのである。もっとも、示し合わせて参加した恋人《こいびと》同士がお互《たが》いを見つけられず、破局するという例もあるとの噂《うわさ》だが。

「みんな必死なんだぜ？　特に彼女なしの野郎は探《さぐ》りを入れるのに余念がない。まあ、現実が充実《じゅうじつ》してるお前にゃ関係ないだろうがコノヤロウ」

「お願いだからその顔を近づけないで……」

ヘイゼルの死相で迫《せま》られて辟易《へきえき》していると、ホールに感嘆《かんたん》のざわめきが広がっていた。

仮装客たちの視線を追い、ライルはダンスホールの入口に目を向けた。

焔《ほのお》の女神《めがみ》――人々の注目を集めていたのは、そんな絢爛《けんらん》たる装いの女性だった。

すらりと伸《の》びた肢体《したい》を飾るのは深紅《しんく》のドレス。肩や背中が大胆《だいたん》に開いているが、艶美《えんび》さよりは優美さを印象付けた。たわわな胸元《むなもと》を幾重《いくえ》もの薄布《うすぬの》が羽毛《うもう》のように包《つつ》んでいる。

赤い唇《くちびる》とほそい顎《あご》だけでもそうと分かる美貌《びぼう》には、赤く染められた羽根が使われた華美《かび》な仮面。赤銅《しゃくどう》の髪《かみ》も相まって、火焔鳥《フィーニクス》もかくやの輝《かがや》かしい装いだった。

「豪華《ごうか》絢爛《けんらん》、なのに嫌味《いやみ》な感じがしねぇな」

見惚《みと》れていたライルは、ヘイゼルの感想で現実に戻った。気後《きおく》れする心を叱咤《しった》して、人だかりが囲む『焔の女神』へと近づいて行く。

「……約束通りエスコートしに参りました、マリーア・ハイライン殿《どの》」

「よろしくお願いします、ライル・バルトシュタイン殿」

完璧《かんぺき》な挙措《きょそ》でスカートを摘《つ》まむと、『焔の女神』に扮《ふん》したマリーアの手が、差し出したライルの手に重ねられた。

「ははぁ～ん？　やっぱりマリーア殿だったのか」

死体が近付いて来てぎょっとしたマリーアは、すぐさま反射的に拳《こぶし》を突《つ》き出した。

「ぐぶぅおっ！」

「マリーア！　これはヘイゼル！　ヘイゼルだから！」

「はっ。しまった。あまりのキモさについ……」

「う、ううっ……ひでぇ……」

的確に肝臓《かんぞう》を打ち抜《ぬ》かれたヘイゼルが、死に掛けたようにふらふら立ち上がった。

不気味さきわまるヘイゼルに顔を見合わせるライルとマリーアだが、またまた起こったざわめきに背後を向いた。

「むっ！　あれは！」

ざわめきの中心を見たヘイゼルが、新鮮《しんせん》なゾンビのように走って行った。

新たに耳目《じもく》を集めているのは、華奢《きやしや》な身体を黒いドレスで包んだ少女だった。凝った裁断ではあるが簡素なデザインは、少女の儚《はかな》さを強調している。被っているのも黒一色の仮面だが、それも彼女《かのじょ》の銀髪《ぎんぱつ》の蒼褪めた清冽《せいれつ》さを高めていた。

月夜の姫《ひめ》――とでも呼ぶべきか。

彼女の儚い雰囲気《ふんいき》は男の保護欲をくすぐるようで、多くの男子生徒たちがエスコートを申し込んでいる。その中に飛び込んだ死体＝ヘイゼルは、彼らを掻き分けて姫の前に抜け出した。なにやら大仰《おおぎよう》な身振《みぶ》りで語り掛けるヘイゼルだが、少女がかるく一言二言返事をすると、魂《たましい》が抜かれたようにべちゃりとホールの床《ゆか》に突っ伏《ぷ》した。

「……憐《あわ》れ」

本物より本物めいた気味悪い死体に注目が集まっているうちに、『月夜の姫』はするりと人混《ひとご》みから抜け出た。彼女は一部始終を見守っていたライルたちの前にやってくると、スカートを摘まんで腰を折った。

「……本当に呼んだのね」

マリーアはむぅと唇をひん曲げ、『月夜の姫』――ルーナリアに顔をやった。

「ごきげんよう、マリーア様。――今夜は畏《かしこ》まった席ですので」

「はいはい。ごきげんよう、ルーナリア」

「はい。……ごきげんよう、ライルさま」

「こんばんは、ルーナリア」

何かを含《ふく》んだマリーアとルーナリアの様子が気になったが、ライルは隅に運ばれて行く死体の仮装を指差して、

「……なに言ったの？」

「先日お会いしたヘンゼル殿だったのですが、やはり先日の通り『夜中もライル様のお世話で忙《いそが》しいので、身体をお貸しすることは出来ません』とお断りしました」

研究室の片付けを夜中もやってくれているので間違ってはいないが、思春期の劣情《れつじょう》を誤解させる言い回しである。

名前も覚えられていないヘイゼルに、ライルは数秒だけ黙祷《もくとう》した。

「それより——なにか、とても注目されているようなのですが……？」

ルーナリアに言われ、ライルも周囲を見回した。

華《はな》やかな会場内だが、仮想した多くの生徒たちの注目はライルたちに——正確にはライルが侍《はべ》らす『焔の女神』と『月夜の姫』に注がれていた。

マリーアもルーナリアも、印象は違《ちが》えど類稀《たぐいまれ》な美少女たちである。しかも今夜の仮装は、そんな二人の印象をこれでもかと引き立てていた。注目しない方が難しい。

「けど、注目というにはちょっと怖《こわ》い視線も混ざっているわね」

マリーアが含み笑いをしながらライルの右腕《みぎうで》を取った。

怖い視線――すなわち男子たちの視線が鋭さを増す。嫉妬《しっと》に唇を噛《か》む彼らの視線を、ライルは心臓や首筋で感じた。急所に注がれる殺気はちょっとどころかかなり怖い。

「ライル様、お手を」

ルーナリアもそう言って、マリーアとは逆の手に腕《うで》を絡《から》める。

何処《どこ》からか「……どう見ても奴だな？」「後で覚えてろ」と呪《のろ》う声が聞こえてきた。

「る、ルーナリア？　放してくれるとうれしいんだけど……？」

「ご主人様のお傍《そば》を離《はな》れるわけには行きませんから」

ルーナリアがそう言うや、歓談《かんだん》にまぎれていくつもの歯軋《はぎし》りが聞こえた。

（……ワザとじゃないだろうな？）

ライルはルーナリアを見下ろすが、無表情な上に仮面も被っていて判別はつかない。

「両手に華なんて男の夢ね、ライル？」

右手のマリーアは、隠《かく》れていない唇を皮肉っぽく歪《ゆが》めて、開かれた胸元を強調するように押《お》し付けた。

途端《とたん》、噛み締《し》めたハンカチが裂《さ》けるような音がホールの各所で響《ひび》く。

（……こっちはこっちで……）

ライルをからかう事を生き甲斐《がい》にする幼馴染《おさななじ》みは、いうまでもなく頭が痛い存在である。

そんな面倒臭《めんどうくさ》い少女たちに腕を取られ、ライルはホールの中を引き摺《ず》り回される。注がれる殺気は一歩ごとに増える始末だった。

——将来殺されるとしたら容疑者には事欠くまい。

ライルが悲惨《ひさん》な未来を幻視《げんし》していると、彼《かれ》らの前に「失礼します」と給仕役《きゅうじやく》の男が声を掛けてきた。

「そちらのお嬢様《じょうさま》にお手紙です」

そう言って封筒《ふうとう》を手渡《てわた》されたマリーアは、訝しげに受け取って手紙を取り出すと、

「……ふんっ。ちょっとごめんなさいね、ライル。用事が出来たわ」

マリーアは肩を竦《すく》め、不承不承ライルの腕を解いた。

「いい？　あたしが帰ってくるまで下手な真似《まね》はしないこと！」

びしっと指差して念を押すと、マリーアは給仕役の男をせっつき歩いて行った。

残されたライルは殺気がわずかに緩んだのを感じ、思わずほっと息を吐《は》いた。

「……まぁ、適当に楽しんでようか」

「はい」

ルーナリアが身を寄せてきた。

腕に感じる彼女の身体は驚《おどろ》くほど華奢で、それだけにわずかに膨《ふく》らんだ胸の柔《やわ》らかさが際立《きわだ》っていた。

振りほどこうとするが細い腕に似合わない力で掴《つか》まれ、ライルは早々に諦《あきら》めた。

ホールにはさっそくダンスミュージックが流れ、水晶《すいしょう》のシャンデリアの下で多くの男女が、そのエキセントリックな仮装に似合わぬ優雅《ゆうが》なステップでワルツを踊《おど》っていた。

「ライルさまは踊らないのですか？」

「僕はちょっと……」

習ったことはあるのだが、その時の教師に『いい？　ライルはあたし以外と踊っちゃダメよ？　ぜったいにダメだからねっ！』と念を押されている。よほど無様なステップだったに違いない。

「ルーナリアは？　心得はありそうに見えるけど」

「……習いましたが、あまり得意ではありませんでした」

仲間がいたとちょっと嬉《うれ》しくなるが、そうなると暇《ひま》を持て余すばかりだ。

どうしたものかと首を捻《ひね》っていると、曲が終わって踊っていた男女が解散し、新たな相手とホール中央にまろび出てくる。楽団はしばしの小休憩と、指揮者が肩を回していた。

「……そうだ」

ふと思い付き、ライルはルーナリアの手を握《にぎ》って楽団の方へ近寄って行った。

楽団もまた音楽部の学生だ。指揮者の学生にライルは頭を下げた。

「すみません。こちらのお嬢様に歌を唄《うた》わせてあげてもらえませんか？」

ルーナリアは仮面を被ってても分かるくらい吃驚《びっくり》した様子だった。

指揮者はルーナリアをちらりと見て、こういったイベントもありかとかるく頷《うなず》いて指揮台を譲《ゆず》った。

「さ、どうぞ」

「しかし……」

「踊りはともかく、歌は得意なんでしょ？　唄ってみなよ」

「……ライルさまがそう言うのでしたら」

ルーナリアは負けたように呟き、指揮台に上がって楽団に頭を下げた。演奏リーダーと相談し、かなり古風な音声楽章が奏《かな》でられる事になる。

ホールの中央に相手を見つけた男女が集まってくる。演奏リーダーのバイオリンが音を掻《か》き鳴らしはじめた。

ルーナリアは音楽に合わせてリズムを取り——

「――ａｈ――」

ルーナリアの歌が響いた瞬間《しゅんかん》、みんながみんな動きを止め、一斉《いっせい》に韻々と響く歌声の出所へと顔を向けた。茫然《ぼうぜん》と楽器を弾《ひ》く手を止めてしまった楽団たちが、慌《あわ》てて演奏を再開する。先ほどの指揮者は予想以上の歌声に間近で当てられ、ライルの横でルーナリアから目を離せなくなっていた。

（……やっぱり、綺麗《きれい》な歌声《こえ》だ）

幻想種《ファンタズマ》には〝歌声〟にまつわる伝説を持つものも数多い。ルーナリアの歌は夜の申し子たる《夜闇の血族《ノスフェラトウ》》にふさわしく、澄《す》んだ夜空と静かな月を思わせる。

短い一幕が終わると、踊っていた生徒たちが突然《とつぜん》現れた歌姫《うたひめ》に惜《お》しみない拍手《はくしゅ》を送る。楽団の者たちでさえ楽器を置いて手を叩いた。

ルーナリアは指揮台の上で固まっていたが、やがて小さくお辞儀《じぎ》をして台を降りた。

「お疲《つか》れ様」

「……こんな風に拍手されたのは、はじめて、です」

ルーナリアは小さい声で呟き、ライルの服の裾《すそ》をきゅっと握った。

「やっぱり綺麗だね、ルーナリアの歌声は」

「……私、舞踏《ぶとう》などの嗜《たしな》みが苦手で……歌は、それを誤魔化《ごまか》す為《ため》に練習していました……」

仮面のおかげで表情は分からなかったが、どうやら喜んでくれたようでひと安心だった。

「——あの、すみませんが」

指揮者の学生が声を掛《か》けてきた。好評なのでもう一曲二曲付き合って欲《ほ》しいらしい。

「……ライルさま？」

「うん。大丈夫《だいじょうぶ》だよ。行ってくるといい」

「……ご迷惑《めいわく》をおかけします。ありがとうございます」

ルーナリアは頭を下げ、小走りに楽団の方へ走って行った。

これで踊れないなりに時間を楽しめるのだから、ライルの方が礼を言いたいくらいだ。

ふたたびはじまった月夜の調べに、ライルは目を閉じて耳をすませた。


マリーアはホールの二階に上がっていた。

吹《ふ》き抜けから見下ろすと、奇抜《きばつ》な装いの仮面舞踏会《ぶとうかい》は、まるで動物園みたいだった。

カーテンと衝立《ついたて》で仕切られた歓談スペースのひとつに案内されたマリーアは、仮面の裏側で顔を顰《しか》めた。

「ようこそ、マリーア嬢《じょう》」

マリーアを迎《むか》えたのは若き辺境伯《はく》、ヴィルヘルム・ゼストだった。軍閥《ぐんばつ》貴族らしい勇壮《ゆうそう》な軍服姿が似合っているが、仮面舞踏会を成立させる仮面は被っていない。

マリーアはなんとか溜息《ためいき》は我慢《がまん》して、スカートを摘まんで礼を取った。

「お声を頂き光栄です、ゼスト卿《きょう》。よくわたくしが分かりましたね」

「君ほどの女性を見間違《みまちが》えるわけがない――と言えたら格好良いんだろうがね。実は服《ふく》飾店《しょくてん》に行って衣装と仮面を教えてもらったのさ」

不作法なやり方にムッとしたのを隠さないマリーアに、ヴィルヘルムはまあまあと手を挙げた。

「やり方が強引《ごういん》になったのは謝《あやま》る。どうかお茶の一杯《ぱい》くらいは付き合ってくれないかな？」

無論、有無《うむ》を言わさず立ち去る事も出来たが、断ったら断ったで後々面倒《めんどう》そうだ。

マリーアは幾分《いくぶん》乱暴に腰を下ろした。用意されていた飲み物には見向きもしない。

「紅茶を用意したのだが嫌《きら》いだったかな？」

「いえ。紅茶は好物よ。水牛のミルクがあれば最高ね」

芳醇《ほうじゅん》な香《かお》りを立てる紅茶を意識から締め出し、マリーアはヴィルヘルムに問い掛けた。

「それで？　仮面舞踏会に仮面も着けず、いったい何の御用《ごよう》かしら？」

「早速《さっそく》だな。そんなにライルくんとの時間が大切かな？」

「分かってるならさっさと本題に入りませんこと？　思わせぶりな態度だと、また頬《ほお》が赤くなると思いますけど？」

「では単刀直入にゆこう。――マリーア・ハイライン。俺に力を貸してくれないか？」

「こんな小娘《こむすめ》の力が欲しいのですか？」

「謙遜《けんそん》――ではなく誤魔化しは良くないな。君はすでにいくつもの企業《きぎょう》で発言力を持っている。総帥《そうすい》の一人《ひとり》娘《むすめ》を抜きにしても、君の存在はハイライン財団でも無視出来まい」

「……さて、どうでしょうね」

　ヴィルヘルムの言う通り、マリーアはすでに実家の実業団体のいくつかを掌握《しょうあく》していた。独自に立ち上げた事業も一つや二つではない。だが、いずれもマリーアは名ばかりの役員を装《よそお》っていた。その方が動きやすいからだ。

　――それをこの男、あっさりと調べ上げてきた。

　マリーアはさりげなく居住まいを正した。

「――ヴィルヘルム・ゼスト辺境伯。あなたは何が望みです？　何を望んで力を求めるのです？」

「俺《おれ》の望みは誰《だれ》もが持っているものだ。『自分の価値を高めたい』という、なんともささやかなものだよ」

「自分の価値？」

「人間の人生、欲望はまさしくそれだ。善行を積むのも、財をなすのも、伴侶を欲するのも、地位を望むのも、子孫を残すのも、すべては自分の価値を確信せんが為――そうだろう？」

「分からなくはないですわね」

価値とは、すなわち他人からの認識《にんしき》だ。認識されるならより良く見られたいと思うのはごく自然な感情だろう。

無価値と思いたがる者などいない。いるとすればそれは無価値に価値を見出す者だ。

「人の価値は何を為せるか、何を成したかだ。俺はね、人の価値を十全に活用したいんだよ。それが俺の価値に繋がる。どうだろう？　俺に、君の価値を高める手伝いをさせてくれないか？」

「……せっかくですが」

マリーアはうっすらと微笑《ほほえ》んだ。拒絶の笑《え》みである。

「あたしは今のあたしで満足してるんです。これ以上なんて望みませんわ」

「誤魔化すな。今の君は満足なんてしていまい」

「何を根拠に断言するんです？」

「――〈最後の魔女《まじょ》の遺産〉」

ぴくり、とマリーアは反応した。

「《最後の魔女》エルルーア・アゾートの失踪《しっそう》とともに広がった噂話、都市伝説だが、それは確かにある。理論として、呪いとして、あるいは形ある力として。マリーア嬢、君とてその確信があった筈《はず》だ。かの《魔女》と関係の深かったハイライン家の君ならな」

「……それが理由、か」

マリーアは仮面の裏側でひっそりと納得《なっとく》した。

ヴィルヘルム・ゼスト、この若き辺境伯が自分に近付き、こうして囁いている理由――

「――ライルを手に入れる為、ね？」

「左様。かの〈遺産〉を手に入れた時それを誰よりも上手《うま》く扱《あつか》えるのは、エルルーア・アゾートの唯一《ゆいいつ》の教え子たる《最後の魔女の弟子《でし》》――ライル・バルトシュタインをおいて他にない」

ヴィルヘルムは笑みを深めると、すっと手を差し出した。

「俺は〈遺産〉の何たるかを知っている。それを示したら、彼もやる気になってくれるだろう。君の不満とは畢竟《ひっきょう》、彼への口惜しさに尽《つ》きる。俺に力を貸してくれ。そうしたら俺は君が望むものを――世界を変革させるライル・バルトシュタインを提供しよう」

その誘いは、間違《まちが》いなく悪魔《あくま》の誘惑《ゆうわく》だった。人間の隠された不満を見極め、人の魂の価値を値踏みし、もっとも効果的な誘い文句を囁いてくる。

自分に差し出された手の平を、マリーアはじっと見つめた。

この手を取れば、望むものが手に入るだろう。自分の願いは叶えられるだろう。そんな確信を抱《いだ》かせる、力強さに満ちた手であった。

「────くっ、くく……あははははははははははははははっ！」

ヴィルヘルムが怪訝《けげん》そうに眉《まゆ》を歪めるが、マリーアはまったく頓着しない。身体を捻ったり揺すったりして盛大に笑い続けた。

「く、くっ……まったく、ああ、まったく、笑わしてくれるわね、ヴィルヘルム・ゼスト！」

「……何が、そんなに面白《おもしろ》い？」

「ようやく分かったからよ。なんであたしがあんたと〝分かり合っちゃいけない〟のか」

マリーアは椅子《いす》を倒《たお》す勢いで立ち上がった。

「そりゃ、あんたを利用すればいろいろ楽なんでしょうけどね、あたしの目的はラ、イ、ル、を、手、に、入、れ、る、ことじゃない。ライルを振り向かせることなのよ」

「それは……何が違うんだ？」

「それが分からないんなら──」

マリーアは憐れむように目を細めた。

「――あんたは〝女心〟ってやつを一生理解できないわ。ヴィルヘルム・ゼスト辺境伯」

「…………………ふぅ」

マリーアが言いたい事を言い切ると、ヴィルヘルムは短く息を吐いた。

「……君は俺と近しい人間だと思ったのだが。たゆみない努力と、それをささえる強い意志……だが、余分なものに囚われ過ぎている………ふぅ」

ヴィルヘルムはもう一度投げやりな吐息《といき》を漏《も》らすと、端整《たんせい》な顔を能面のようにのっぺりとさせ――パチン、と指を鳴らした。

仕切りのカーテンを払《はら》い、ぞろぞろと仮面を被《かぶ》った男たちがやってくる。

マリーアは、ふんっと鼻を鳴らした。

仮面を被っていても分かる。先日マリーアが叩《たた》きのめした貴族の少年たちだった。

「――これは契約《けいやく》違反じゃないの？」

「ライルくんに手は出していないだろう？」

ヴィルヘルムはのうのうと言い放った。

剥《む》き出しの肩《かた》を竦めるマリーアに、仮面を被った貴族の若者たちがずいっと迫《せま》る。

「……まあ、待ちなさいよ」

マリーアはそう言って、仮面を外した。しっかりとめかし込んだ、瑞々しい美貌《びぼう》が露《あら》わになる。艶やかな――媚《こび》を含んだような笑みに、抑え込もうとしていた若者たちが「ん？」と動きを止めた。

「せっかくだから……ちょっとした見世物を見せてあげるわ」

仮面をテーブルに置くと、マリーアは椅子にすっと右足を載《の》せた。赤いハイヒール、きゅっと細い足首、黒いストッキングに包まれたしなやかな脹脛《ふくらはぎ》が露わになる。

誰かがごくりと喉《のど》を鳴らす。

マリーアは笑みを深くすると、膝《ひざ》に掛かっていたスカートを摘み、ゆっくりと持ち上げていった。つるりとした膝、引き締まっているのに肉感にあふれた太腿――健康的な色香《いろか》にあふれた美脚《びきゃく》が官能的な仕草で露わになってゆくのに、誰もが目を奪《うば》われていた。

マリーアは、そんな興奮した視線に満足したように頷き、

「――楽しんでいただけたかしら？」

そう言って、ちょうど抜きやすい位置までスカートを持ち上げたところで、ガーターベルトに挟み込んでいた小型拳銃《デリンジャー》を抜き放った。

ぽかん、とその二連装の銃口《じゅうこう》を見つめる若者たちへ、マリーアは容赦《ようしゃ》なく引き金を引いた。

ささやかな銃声《じゅうせい》とともに撃《う》ち出された弾丸《だんがん》は、若者たちの一人の足に命中した。

「——ッギャアアアアアアアアア！」

一瞬《いっしゅん》後、銃声よりもよほど大きい悲鳴が上がった。

「イイもの見たでしょ！　それは駄賃よ！」

マリーアは崩《くず》れ落ちた男をクッションに、彼らの真中へ飛び込んだ。見事な脚線も露わにして蹴りを見舞《ま》い、瞬く間に二人を床に叩き付ける。

残った二人が無言で圧し掛かろうとしてくる。マリーアはひらりとステップを踏むようにかわすと、くるりと持ち直した小型拳銃の銃把《じゅうは》を彼らの後頭部へ叩き付けた。

テラスの床に、瞬く間に五人の若者が倒れ伏す。

銃声も響いて大きな悲鳴も上がったが、舞踏会の雰囲気に乱れはなかった。

楽団の演奏は続いており、階下のホールのあちこちで大道芸めいた見世物をやっているおかげで、この二階テラスの騒《さわ》ぎはほとんど目立っていなかった。

「…………ふぅ。期待してはいなかったが、ここまで使えないとは」

ヴィルヘルムがつまらなそうに呟《つぶや》き立ち上がった。いつの間に抜いたのか、手には抜き身の剣《けん》が握られている。

「次はあなた？」

カチリ、とマリーアは小銃を向けた。弾《たま》はまだ一発残っている。

「ああ、急ぐな。その前にやることがある」

ヴィルヘルムはそう言うと、足を撃たれて呻《うめ》いている少年のもとへ向かった。仮面が外れて露わになったのは、取り巻きのまとめ役だったゲリム・シュバッテンである。

「……結局役立たずだったたな、ゲリム」

「お、お許しを……」

「一度許した。二度はない」

ヴィルヘルムはゲリムの首筋を無造作に剣で薙いだ。

さすがに目を見開いたマリーアだったが、傷は浅く掠めただけで致命傷ではなかった。

むしろ、本当に驚くのはこの後だった。

ヴィルヘルムの剣に付着した血がすっと消えた。まるで刀身が血を吸ったように。

同時に、掠《かす》り傷を負ったゲリムがびくりと身を震《ふる》わせた。彼の目から光が消え、脅《おび》えた表情も消え去った。そして、足の銃創などなかったようにむくりと立ち上がる。

「……なに？」

気絶させたと思った他の少年たちも起き上がった。仮面の外れた彼らの目も、すでに意思の光が消えていた。

「さぁ、行け」

ヴィルヘルムの命令の下《もと》、少年たちがマリーアに襲《おそ》い掛かった。

「くっ！」

向けられた銃口などお構いなしの突進だった。やむを得ず、また足を狙って撃つが、命中しても歩みは止まらなかった。

「こいつ、は！」

動きは素人《しろうと》そのものなので避《よ》けるは容易《たやす》いが、少年たちの異様さに気圧《けお》される。

「五人程度なら、完全に意識を削ぎ取れる。もう痛みを感じる感性もないし、脅える心もない。諦めて掴まってくれないか？」

ヴィルヘルムがマリーアに呼び掛けた。

最近まで自分を慕ってくれた者たちを人形の如く操っておいて、その声に罪悪感めいた響きは皆無《かいむ》だった。

「こ、の――！」

マリーアは悪態を吐きながら考えを改めた。

どんなカラクリかは知らないが、ヴィルヘルムが操っているのは間違《まちが》いない。なら、人形使いそのものをどうにかすれば良いだけだ。

マリーアは掴み掛ってきた少年の頭を飛び越えると、空中で広がったスカートの裾からもう一丁の小型拳銃を抜き出した。

容赦なく、ヴィルヘルムへ二発続けざまに撃ち込む。

「……うそ、でしょう……？」

着地したマリーアは、目の前の光景に口の端を痙攣させた。

銃撃を受けたヴィルヘルムだが、マリーアの放った二発の銃弾《じゅうだん》は掲《かか》げられた彼の剣によって阻まれていた。ひしゃげた鉛の塊《かたまり》が、こんこんと床《ゆか》に転がる。

「さすがだな。とっさの狙《ねら》いで、しっかりと人体の中心に照準されている」

冗談としか思えない気軽なセリフだった。

あまりの剣捌《けんさば》きに固まったマリーアに、操《あやつ》り人形どもが襲い掛かった。

「！　い、いや！」

少女らしい悲鳴を上げて身を捩るが、一度掴《つか》まれれば単純な腕力《わんりょく》差は覆しようがない。

マリーアは無力な小娘として押《お》さえ付けられた。

「いやっ！　触らないでっ！　放してぇ！」

「——随分《ずいぶん》と可愛らしい悲鳴をあげる」

悠然と近付いたヴィルヘルムが、剣の柄をマリーアの腹にめり込ませた。

「そんな悲鳴を聞かせれば、彼《かれ》を籠絡出来たかも知れないのにな」

「ぐ、うぅ……ラ、イル………」

くぐもった呻き声を吐《は》き、マリーアは昏倒した。

ヴィルヘルムはそれでマリーアに興味を失い、テラスの端から階下――いまも舞踏の真っ最中のホールを覗《のぞ》き込んだ。

「さて……この人数を操るのはさすがに初めてだな」

ヴィルヘルムは呟くと、手にした剣――赤い刀身を燦然と掲げる。剣の柄にはめ込まれた琥珀《こはく》が、揺《ゆ》らめくように輝《かがや》きはじめた。


三曲を歌い終えたルーナリアを、ライルはお疲れさまと労った。彼女《かのじょ》のおかげでホールの雰囲気《ふんいき》も随分華《ずいぶんはな》やかさを増したように思える。

飲み物でも貰いに行こうと連れ立って歩きだした二人の前に、本物の毛皮を被った狼男の仮装客が立ちはだかった。

「可憐《かれん》な歌姫どの。よろしければご一緒《いっしょ》しませんか？」

『狼男』と同じような考えの人々は大勢いるようで、彼の背後でそわそわした人の群が出来上がっていた。

「……残念ですが、私はこちらの方から離《はな》れるワケには行きません。ご遠慮《えんりょ》させていただきます」

「……そうですか」

『狼男』がぐるんとこちらを向いた。なにやらぶつぶつと呟いている。

「そうかそうかこいつこいつこいつと……ならならこうすれば問題ないないないな……」

訝しがるライルに、『狼男』は突然《とつぜん》殴《なぐ》り掛かってきた。

「うわっ！」

慌てて身を逸らしたライルの鼻先を、本気の拳《こぶし》が通って過ぎた。

さらに二撃目を放とうとする『狼男』を、ルーナリアが飛び出して押し倒す。ばたばた暴れる『狼男』だが、《夜闇の血族》たるルーナリアの繊手が完全に抑え込んだ。

ルーナリアの手刀が首筋に打ち込まれ、『狼男』はばったり気絶した。

「ほ、本当に殺されかかるなんて……」

「ライルさま、何か変です」

顔を蒼褪《あおざ》めさせたライルに、ルーナリアが仮面を放《ほう》り捨てて注意を促した。

種々雑多な仮面がこちらを向いている。注がれる視線をひしひしと感じるライルだが、先ほどまでとは全く異質だった。

「……殺気が、ない……？」

人形めいた目玉を向ける仮装客たちが、一斉に一歩を踏み出した。

「……らいるらいるいるいるいるるるる………」

「捕える捉えるとらえるえる得る獲るるる………」

「かか、かかかっ、かかかかかか………かかぁれぇぇぇえええええ！」

統一感のない仮装の群れが、雪崩を打って襲い掛かってきた。

「う、わ……！」

ライルは泡を食って逃《に》げ出した。ルーナリアも続く。

「にににに逃がぁぁぁあああすぅぅぅかかかかぁぁぁぁあああああっ！」

出入口に向かうが、すでに扉《とびら》は閉じられ、二重三重の人の壁《かべ》が出来あがっていた。

仕方なく、ライルとルーナリアはホールの奥《おく》へ方向転換。廊下《ろうか》から迂回して外に脱出《だっしゅつ》を試みる。

「いったい、あれは……さすがに僕《ぼく》への殺意が理由じゃないよね？」

「操られているようでした。あの様子は〝傀儡〟の魔術《まじゅつ》に似ているように思います」

「〝傀儡〟……君の仲間？」

血を媒介に人の心を操るのは《夜闇の血族》に備わる魔術のひとつだ。

ライルに問われたルーナリアは、これまでにない硬い無表情だった。

「いえ……いいえ、それはない筈です……」

いったいどんな顔をすればよいか決めかねている様子だ。ある意味、ライル以上に混乱しているようだった。

「……とにかく、今は逃げ――」

「ライルルルル！　きさま腐《くさ》り落ちやが――」

「ごめんへイゼル！」

向かって来た死体＝へイゼルを殴《なぐ》り倒す。だが操られた人々はまだ廊下の向こうから近付いてくる。

ライルとルーナリアは手近な曲がり角へ飛び込んだ。

「……しまった」

何度目かの進路変更で、ライルは舌打ち交じりに逃げてきた方向へ向き直った。

「……闇雲に襲《おそ》われてるんじゃない。誘導されてる」

「誘導、ですか？」

「ああ。どうやらホールの上の展望台に追い込もうとしているようだ」

ライルは眼鏡《めがね》の奥の双眸を輝かせた。

ルーナリアは軽く目を見張った。

先日もそうだったが、一度思考を切り替《か》えたライルは驚《おどろ》くべき洞察力を見せる。普段《ふだん》ののんびりした風情《ふぜい》が嘘《うそ》のようだ。

「……どうします？　むりやり突破しますか？」

「いや、このまま行こう。誘導されてるならこの先に〝傀儡〟の術者が待ち構えてる筈だ」

ライルは琥珀の仕込まれた懐中《かいちゅう》時計を取り出して先を進んだ。

予想通り、幾度《いくたび》かの襲撃で進路変更し、二人は展望台へ続く階段を昇《のぼ》って行く。展望台へ辿《たど》り着くと、ライルは扉を念の為《ため》に固く閉じておいた。これで追ってくる仮装客たちはしばらく押し留《とど》められるだろう。

大理石の支柱が並ぶ吹《ふ》きさらしの展望台に、ライルとルーナリアの足音が響《ひび》いた。

春炎祭らしく、中央には篝火《かがりび》が焚かれている。

出入り口の反対側、突《つ》き出したテラスに、倒れ伏した人影《ひとかげ》が照らされていた。

「マリーア!?」

ライルは思わず飛び出そうとして——ぴたりと動きを止めた。

「……やはり、あの人数だと意識をそぎ落とすのは難しいな。凶暴《きょうぼう》化させるのがせいぜいか。今後の参考にしよう」

マリーアの寝《ね》かされたテラスを塞ぐようにして、長身の若者が立ち塞《ふさ》がった。抜き身の剣を提げたその若者は——

「……ゼスト卿《きょう》、下の皆《みんな》は、あなたが？」

喉をひり付かせながら、ライルはヴィルヘルムを睨《にら》んだ。

「ああ、そうだ。こんな手段でお招きして済まないね」

「あなたは……魔術師《まじゅつし》だったんですか？」

ライルは懐中時計を握《にぎ》り締《し》める。

ヴィルヘルムは「まさか」と頭を振って手にした剣を持ち上げた。

「こいつのおかげだ。この魔剣《まけん》の、な」

紅月《ブラッドムーン》のように仄赤く染まった刃《やいば》。繊細《せんさい》な装飾が施《ほどこ》された柄に象嵌された琥珀は、うっすらと黄昏《たそがれ》色の光を——魔力励起光《まりょくれいき》を発していた。

「魔剣？」

「魔剣……〝人を操る魔剣〟……？」

「いえ——正確には〝血を吸った者を操る魔剣〟です」

ライルの疑問に答えたのは、隣に立つルーナリアだった。

ルーナリアは身体を震わせながらヴィルヘルムの魔剣を凝視《ぎょうし》している。

「……かつて〝夜闇の王〟が振るい、その特性を得た『吸血鬼《きゅうけつき》の剣』……〈朱い月牙《ダーインスレイヴ》〉

「……！」

「そういう銘《めい》らしいな」

「なぜ……なぜそれを持っている！」

ルーナリアは叫《さけ》んだ。まるで悲鳴のような絶叫《ぜっきょう》だった。

「それは霧の血族が封印していた魔剣……里とともに焼け落ちたのでは……」

「ふむ……やはり霧の血族の生き残りか。これも運命の皮肉かな」

ヴィルヘルムは魔剣――〈朱い月牙〉を見下ろして、言葉通り皮肉げに笑った。

「譲られたのさ」

「誰に⁉」

「さぁ？　まぁ、それは追々に」

ヴィルヘルムはルーナリアから視線を外し、ライルを見た。

「さて――ライルくん。こんなやり方はあまり好きではないが、改めて問う。俺《おれ》に力を貸してくれないか？」

「あなたは……！」

マリーアを人質《ひとじち》に取り無関係な人々を巻き込んでのうのうと言い放つヴィルヘルムに、さすがにライルも声を荒《あら》げた。

「この期に及んで何を！」

「俺には君の力が必要だ。〈最後の魔女の遺産〉を我《わ》がものとする為にね」

「……〈最後の魔女の遺産〉？」

ここにきてそんな噂《うわさ》を――いや、噂なんかではない。ヴィルヘルムの落ち着きようは、噂を噂と取る者の態度ではない。

「君は《最後の魔女》から託された筈だ。あの〈遺産〉――『思考機関』を動かす鍵《かぎ》を」

ヴィルヘルムは魔剣の切っ先を気絶したマリーアへと向けた。

「できるなら忠誠を以《も》って仕えて欲《ほ》しい。だがそれが難しいなら、この〈朱い月牙〉がマリーア嬢《じょう》の血を吸う事になる」

「……ッ！」

ギリッ、と奥歯《おくば》を噛《か》み締めた。ヴィルヘルムの言う事には不明な点もあるが、ここは頷《うなず》くしか――ライルがそう思いはじめた刹那《せつな》、

「これ以上その剣を汚すなっ！」

ルーナリアが『霧』を解き放った。輝く琥珀眼《こはくがん》で睨み据《す》え、ヴィルヘルムに挑みかかる。

「返せぇえええええ！」

「………ふぅ」

ヴィルヘルムはマリーアに突き付けていた剣を引くと、襲い掛《か》かってきたルーナリアの『霧』を迎撃した。岩をも砕く『霧』の触手が、魔剣の一閃《いっせん》で霧散《むさん》する。

「ふむ。さすが《夜闇の血族》の魔剣。同種の魔術に対抗できるか」

「返せ！」

ルーナリアは床を這う『霧』に乗って滑《すべ》るように移動した。〝霧踏み〟とでも呼ぶべき歩法で瞬く間にヴィルヘルムに接敵したルーナリアは、『霧』を纏《まと》った腕を振り抜く。

風を斬る霧の腕。

だがヴィルヘルムはひらりと飛翔するや、足場のない空中で器用に剣を振り抜いた。魔剣の切っ先がルーナリアの肩を抉る。

「あ、う……ああっ！」

着地したヴィルヘルムに、ルーナリアは肩を押さえながら『霧』の瀑布を叩き付けた。

ヴィルヘルムは『霧』の壁を魔剣で真っ二つに引き裂き飛び出るや、目を見張るルーナリアに返す刃を叩き付けた。今度は胸元《むなもと》を逆袈裟にされる。

「……やはり《夜闇の血族》は操れんか。なら、殺すしかないな。迷うことなく、同族を追うがいい」

痛みに蹲るルーナリアに、ヴィルヘルムが魔剣を振り上《あ》げた。

「さようなら、霧の血族の末姫《ひめ》よ──むっ」

退き様、ヴィルヘルムは魔剣を振るった。

高速で飛んできた梟の仮面が二つに割れて落ちる。

「やめろ！」

ライルは懐中時計の琥珀から魔力《まりょく》を引き出し、即座《そくざ》に魔術を行使した。

（──水蒸気の分子運動抑制──さらに重力加速度増大──！）

展望台の上空で凝結させた無数の雹を、一斉《いっせい》に落下させる。重力加速度を改変された雹は、短い距離《きょり》で殺人的な速度に達する。

「は、ははっ！　素晴らしい！」

ヴィルヘルムは嬉々として魔剣を振るった。視認しにくい氷の塊を、縦横無尽な剣閃が叩《たた》き落して行く。

「……っ！　ルーナリア！」

叫び、ライルは再び雹を形成した。

「同じ手段が──ぬぅ⁉」

ルーナリアの『霧』が展望台を覆《おお》った。攻撃《こうげき》に必要な濃度には届かないが、それでも目眩《くら》ましには十分。

「行け！」

霧に包まれたヴィルヘルムへ向け、雹弾の雨を振《ふ》り落とす。

ガギギギギギギギギギッ――強固な氷の衝突音が展望台に響き渡《わた》る。

「剣を――！」

粉塵漂《ただよ》う爆心地《ばくしんち》にルーナリアが飛び出した。

「！」

灰赤い刃が粉塵を切り裂《さ》く。

たたらを踏んだルーナリアに、ヴィルヘルムは剣呑《けんのん》な笑《え》みで接近した。

「惜しむらくは魔剣の頑丈《がんじょう》さだな！」

地面と垂直に降る雹を、剣を盾にして致命傷を防いだ――無傷とは言えないヴィルヘルムの様子からそう察したライルだが、化け物じみた胆力には驚嘆よりも恐怖《きょうふ》を覚える。

ルーナリアは後ろに下がるが、ヴィルヘルムはぴったりとそれに続く。ライルの雹弾を警戒《けいかい》しているらしい。

魔剣がルーナリアに振り下ろされる。

ルーナリアは寄り集めた『霧』を使い斬撃を阻む。『霧』ならではの変幻《へんげん》さで、ときには盾、ときには足場、ときには触手と、辛うじて神速の剣捌きに対応する。

やきもきするライルだが、接近戦をされては援護ができない。見守るしかなかった。

「守るのは上手いが──守ってどうする霧の血族の姫君?」

剣を振りながらヴィルヘルムが囁いた。

ルーナリアの表情が硬《かた》くなる。

「ここにこうして居るという事は──君は逃げたのだろう?」

「……だまれ」

「何故《なぜ》逃《に》げない? 逃げればいい。かつて君がそうしたように」

「だまれ」

「ここで守って──戦って何になる? さあ、逃げろ。さあさあ」

「だまれ!」

ルーナリアは抜《ぬ》き手を放った。驚異的な膂力《りょりょく》に『霧』を螺旋状に纏わせた必殺の一撃だ。

ヴィルヘルムがにたりと嗤う。

彼は魔剣を担ぐように構えてルーナリアの抜き手を滑らすと、体重を掛けて勢いよく振り上げた。

ルーナリアの身体が宙に浮く。膂力はともかく、体重は見た目と変わらない。

がら空きになった少女の腹に、ヴィルヘルムのブーツが突き刺《さ》さった。

バゴンッ！　と恐《おそ》ろしい異音が響き渡る。

華奢《きゃしゃ》な身体は床を水平にすっ飛び、展望台の柵にぶつかって止まった。

ルーナリアは悲鳴の代わりに血を吐いて、変形した柵に絡め取られた。

「……ふう。挑発に乗らなければ守り切ることくらいは出来たろうにな」

戦闘《せんとう》時の笑顔《えがお》を吹き消し、ヴィルヘルムはつまらなそうに息を吐いた。

「ルーナリア！」

ライルは思わず走り寄ろうとするが、中央の篝火が斬り叩かれ、派手に火の粉が飛び散った。

たたらを踏んだライルは、とっさに懐中時計を掲げて火の粉を吹き散らす。

「――君が一番厄介だ。自由度の高さは戦術の幅を広げるからな」

ぎくりとして背後を向こうとするが、それよりも早くライルの右腕《みぎうで》が弾《はじ》かれた。師から贈《おく》られた懐中時計が床に叩きつけられる。

手首を取られ、顎《あご》を掴《つか》まれ、ライルは完全に拘束《こうそく》された。

「あの懐中時計に琥珀が仕込まれていたようだな。ようやく無力化できたか」

背後のヴィルヘルムが、耳に口を寄せ囁いてくる。

ひやりとした感触《かんしょく》に、ライルの背筋が総毛立った。

「さて、最初に戻《もど》ろう。ライルくん、鍵を渡してくれ」

「なんの、事――」

「ある筈《はず》だぞ？　エルーア・アゾートが自ら失踪《しっそう》した以上、あの〈遺産〉の鍵を唯一《ゆいいつ》の弟子《でし》たる君に託した筈」

「……師匠《ししょう》が姿を消す前に残したのは、あの懐中時計だけだ」

ライルは呻《うめ》いて、弾き落とされた時計に目を向け――眉《まゆ》を顰《ひそ》めた。

床に叩き付けられて外装が傷付き、懐中時計の内部構造が剥《む》き出しになっていた。だがその内部にあったのは、ライルの知る時計の構造ではなかった。

発条《ゼンマイ》や歯車は見えず、黒い塊のようなものが体積のほとんどを占めていた。黒い塊に幾《いく》筋《すじ》ものラインがめぐり、規則正しく青白く瞬いていた。

「機械式時計じゃ、ない……あれは……」

「く、くく……そうか、あれか。あれが〈遺産〉の鍵か！」

ライルが目を見張る後ろで、ヴィルヘルムは愉快《ゆかい》そうに大笑いした。

「ふふ、これでようやく本題に入れる。さぁ、ライルくん、俺と共に来てもらおう」

「だれが――！」

顎を掴む手がひねられ、ライルは無理やり後ろを向かされた。息のかかる距離にヴィルヘルムの整った顔があり、刃のような碧眼《へきがん》がライルを覗き込んでいた。

「力尽くは嫌《きら》いだ。嫌いだが、ここは押し通させてもらう。なに、君とて『あれ』を見れば気が変わると言うものだ」

「『あれ』？　あなたの言う〈遺産〉とやらか？」

「そう。あれは――――ッ！」

まるで接吻するように顔を迫《せま》らせていたヴィルヘルムが、ライルを放して即座に飛び退《の》いた。直後、ヴィルヘルムの立っていた場所に数本の投擲ナイフが突き刺さる。

「――何奴《なにやつ》か！」

ヴィルヘルムは納めていた剣《けん》を引き抜き誰何《すいか》した。向き直った先は一本の石柱のその先《せん》端《たん》。

「問われて名乗る者では御座いませんが――ただの美少女メイドでございます」

名乗った人影はひらりと展望台に舞《ま》い降りた。飛び散った松明の火に照らされたのは、ライルもよく知る少女だった。

「ミラ……」

「こんばんわ、ライルさま」

マリーア直属のメイドである金髪《きんぱつ》に小麦色の肌《はだ》の少女は、エプロンドレスを摘《つ》まんでお辞儀《じぎ》をした。

「ミラ……どうやってここに？」

「なにやら屍《しかばね》のような方々がうろうろされてましたので、直接ここまで昇ってきました」

そう言ってミラが指差した先には、鉤爪《つめ》付きのロープが柵に巻き付いていた。

「驚くことはございません。昔からわたくしが一番木登りが上手でしたでしょう？」

朗らかに笑ったミラを、茫然《ぼうぜん》と見返すライルだった。

一方、邪魔《じゃま》をされたヴィルヘルムは、端整《たんせい》な顔に不機嫌《ふきげん》を滲《にじ》ませた。

「……使用人風情が辺境伯《はく》たる俺に歯向かうか？」

「わたくしの主はマリーアお嬢さまであってあなたでは御座いませんので」

「なるほど。なら——務めを果たすがよい！」

ヴィルヘルムが魔剣を手に走り出した。

ミラも真正面から立ち向かってゆく。

「ミラ！　その剣は掠めるだけでも——」

ライルの忠告の終わる間を待たず、〈朱い月牙〉が振り下ろされる。

ミラは灰赤い刃を紙一重《かみひとえ》で避《よ》けると、幽霊のような動きでヴィルヘルムの背後に回った。

「なにっ？」

驚愕《きょうがく》してヴィルヘルムは、とっさに魔剣で首筋を守った。

ギャリンッ！

金属の擦《こす》れる音と火花が散った。

「惜《お》しい。勘《かん》がよろしいですね」

そう言ったミラの手にはいつの間にか鞭《むち》のような武器が握られていた。だが、通常は頑丈な革や紐である笞の打撃部は、剃刀よりも薄《うす》い鋼の刃だった。

「奇《き》怪《かい》な武器を……いや、そういえば聞いたことがある。かつてハイライン財団前総帥《そうすい》には、凄腕《すごうで》の護衛がついていた、と」

ヴィルヘルムは顔に笑みを戻すと、詩を吟じるように口を開いた。

「その兇手の業《わざ》、噂に聞く〝殺し屋殺し〟か⁉」

「無粋《ぶすい》ですよ辺境伯様？　女の秘密を暴こうなどと」

にこやかな笑顔のまま、ミラは鋭《するど》く薄刃《はくじん》を振るった。

鞭の如く、しかしはるかに危険な鋼の『鞭剣《べんけん》』が、螺旋を描きヴィルヘルムに迫る。

ヴィルヘルムは〈朱い月牙〉を横薙《な》ぎに迎撃する。

が、鞭剣は直前で軌道を変え下方へ落ち込む。石畳を跳ねかえった薄刃の切っ先がヴィルヘルムの顎から脳天を穿《うが》つべく迫る。

ヴィルヘルムは背を逸らしてギリギリ回避《かいひ》。

「ははっ！　まさしく邪剣妖剣の類いだな！　こんな兇手と太刀合えるとは！」

お返しとばかりにヴィルヘルムが斬り込む。

鞭剣は受けに適さず、掠《かす》り傷でも負えば操られる——そんな一方的な斬り合いの筈だが、
ミラはそのすべてを避け切った。

「よく避ける！」

「それほどでも」

ミラは飛び退きざまに鞭剣を振るう。しなやかな薄刃が〈赤い月牙〉に絡み付く。

魔剣と鞭剣がギリギリと引き寄せ合った。

「——見事だ」

「近頃《ちかごろ》はこれもメイドの基本技能。お褒《ほ》めには及《およ》びません」

「ふふっ、君のような芸達者なメイドなら俺も欲しいな。この魔剣で従わせるのも良いが
……それはまたの機会にしておこうか。如何《いかん》せんこちらにも予定がある……！」

がら、と石を蹴る音が響いた。

展望台の石柱の陰《かげ》から、数人の操《あやつ》り人形たちが姿を現す。

出す機会は何度もあったのに、万が一に備え今の今まで伏せていたらしい。

「さぁ、どうする、メイドのお嬢さん？　このままではライルくんが危険だぞ？」

ヴィルヘルムは鋭く口笛を吹いた。

操り人形にされた少年たちがライルに飛び掛かる。ライルは身構えるが、すでに琥珀《こはく》もなく魔術は使えない。

「ライルさま！」

ミラは鞭剣を手放して身を翻《ひるがえ》した。ライルに襲《おそ》い掛かろうとした少年たちを、袖口《そでぐち》に忍《しの》ばせたナイフの柄で殴りつけ無力化させる。

「すまない、ミラ」

「いえ——正直、あのまま続けていても勝ち目はありませんでした。それなら早々に相討ちの覚悟《かくご》をすべきでしたが……すべて遅かったようです」

びっしょりと汗《あせ》を掻いたミラが、展望台を見回して顔を曇らせた。

展望台にはヴィルヘルムの姿も、そして気絶していたマリーアの姿もなかった。

「……わたくしが昇って来たロープで逃《に》げたようです。申し訳ございません」

「…………いや、僕《ぼく》もやられた」

懐中時計もなかった。あれを「鍵」と呼んで執着していたヴィルヘルムが持ち去ったのだろう。代わりに、一枚の紙片が置かれていた。

「……ちくしょう」

紙片を握り締め、ライルは呻いた。

「……ミラ。一先《ひとま》ずここから離れよう。ルーナリアは？」

「息はあります。わたくしが背負《せお》いますわ」

ライルは頷くと、王都中央部──盛大な篝火に照らされる白亜のイルゼシュタイン城を越え、西の郊外《こうがい》をきつく睨んだ。

『王都西郊外多目的広場　軍轄第一造船場　三番工場跡地《あとち》』

残された紙片にはそう書き記されていた。

四章　最後の魔女《まじょ》の遺産

1

かつて、少年は師にこう問われた。

〝お前はどんな人間になりたい？〟

少年は、師匠みたいな人間になりたい、と答えた。

少年の師は苦笑いした。

〝なぁ、ライル……あんたがあたしの事をどう思ってようと、あんたはあたしみたいにならって欲しくない。だってそうだろ？　師は弟子に自分を超《こ》えて欲しいと思うもんだ〟

少年の師はそう言うと、少年の頭をくしゃくしゃと掻《か》き回した。

〝……人間は、いつまでも誰かの背中を追うわけにゃいかない。いつかは自分の足で立ち、自分で歩いていく方向を探さなきゃならないんだ。だからライル、あんたはあんただけの道しるべが必要だ。右か左か、前か後ろか、進むべきか戻るべきか――必要な時にしっかり考えられるだけの指針が。

なぁ、ライル——お前はどんな人間になりたい？〟

少年は首を捻《ひね》った。

師の質問はあまりに曖昧《あいまい》だった。そもそも質問にすらなっていない気がした。

悩んだ末、少年は最初に頭に思い浮かんだ答えを師に聞かせた。

なんとも当たり前で、つまらない答えを。

〝そうか。ならライル、お前は誰よりも傲慢《ごうまん》にならないといけない。誰よりも傲慢で、誰よりも我が儘で……誰よりも強くならないといけない。——大丈夫《だいじょうぶ》、お前なら大丈夫さ。お前はあたしの、たった一人の……〟

少年の師はさっきとは別人のような手付きで、優《やさ》しく少年の髪《かみ》を撫ぜた。

※　※　※

研究室に逃げ込んだライルは、机の引き出しの二重底から隠《かく》し持っていた高純度の琥珀を取り出した。

琥珀を励起《れいき》させ、ソファに横たえられたルーナリアに魔力を注ぎ込む。肩《かた》や胸の深手が、光を受けて徐々に塞がっていった。

「さて――どうするか」

ライルは溜《た》め息をもらし、カーテンをずらして外を見下ろした。

学院内は珍奇な仮装をした生徒たちが彷徨《さまよ》っていた。夢遊病めいた動きも相まって、さながら悪夢の庭である。

「ライルさまの魔術《まじゅつ》とわたくしの武器があれば、突破はさほど難しくないと思われますが？」

ミラが控《ひか》えめな口調で強硬手段を訴えてきた。

ライルは首を横に振る。

「突破だけじゃなく事態の収拾も図《はか》らないと。彼《かれ》らをこのままにして置けないし」

「それはライルさまのすべき事なのですか？」

「〝魔術は秘するべし。幻想《まぼろし》を空事《そらごと》と化さしめよ〟――それが魔術師《まじゅつし》の暗黙《あんもく》の掟《おきて》だ。《最後の魔女の弟子》としては、違《たが》えることは出来ないよ」

手の中の琥珀を転がしてライルは宣言し、ポケットからヴィルヘルムの残していった紙片を取り出した。

「……僕はここに向かう。ミラは学院を見張っていて欲しい」

「お一人で行かれるのですか？」

「操られた人たちが学院の外に出たら危ないからね。学院の封鎖《ふうさ》をお願い。そういうの得意だったでしょ？」

「ええまぁ……お嬢《じょう》さまに言われて納屋に閉じ込めましたよねぇ、数々の悪ガキを」

ミラが懐《なつ》かしむように零《こぼ》した。

「しかし……ライルさまをお一人で行かせるのは……」

「大丈夫。こんなこともあろうかと、それなりの用意はしてあるから」

ライルは机の二重底に隠していたものを取り出した。口径の大きい、弾込めが中折れ式の単発銃《じゅう》だった。

「あのイケスカし貴族には、少々相手不足にも思えますが？」

「まぁ、この銃自体はなんの変哲もないんだけどね」

ライルは銃やら何やらをベルトに挟み、自作の弾丸《だんがん》をポケットに詰《つ》め込む。パーティ用の礼服に、学院の外套《がいとう》を無造作に羽織った。

「……それなら、せめて何か御入り用の物はございませんか？」

なおも心配顔のミラが問い掛ける。

ライルは大丈夫と言おうとするが、

「………それなら、私に剣を下さい」

目を覚ましたルーナリアが、頭を振りながら立ち上がっていた。

「剣を……私も、行きます」

「君は休んだ方がいい。魔力で回復したとはいえ、癒えたばかりでは……」

「あの男は、霧の血族《ネブラブルート》の魔剣《まけん》を持っています」

ルーナリアは必死な面持《おもも》ちで言った。

「あの男には訊きたい事があります。私も行きます」

「……分かった」

ライルは頷《うなず》いた。

不安はあるが、置いて行っても付いてくるなら一緒《いっしょ》の方がいい。

なにより、ここでルーナリアを遠ざけるのは彼女《かのじょ》の為《ため》にはならないと思われた。

「ミラ、剣……なんてないよね？」

「ありますよ」

「……あるんだ」

「最近は何かと物騒《ぶっそう》ですからね」

憂《うれ》い顔のミラは、そう言って一本の鍵《かぎ》をライルに渡した。

「馬車の荷物入れの鍵です。どうぞ、ご随意に」

「……ありがとう」

ライルは鍵を受け取ると、準備を続けた。

体の調子を確かめながら立ち上がるルーナリアに、ミラがこそりと耳打ちした。

「――ルーナリア様。勝手なお願いですが、お二人の事、どうぞよろしくお願いします」

ミラはぺこりとルーナリアに頭を下げた。

ルーナリアはしばし無言だったが、やがてこくりと頷いた。

「――よし、行こう。ひとまずはマリーアの馬車まで駆け足だ」

雑居棟《とう》を飛び出し、三人は操り人形たちの合間を駆け抜けた。


マリーア・ハイラインは不機嫌だった。

ライルとの逢瀬を邪魔されたし、選び抜いたドレスは汚れてしまったし、ミラが用意していたディナーも食べ逃《のが》したし、何より肌触りの悪い縄で椅子《いす》に縛り付けられている。

「そんな顔をしないで欲《ほ》しい」

のうのうと言ってくるヴィルヘルムに、マリーアはいっとうキツイ目で睨《にら》み付けた。

「――なら、さっさとこの縄を解いて頂けるかしら？」

「そうしたら、君はまた俺《おれ》の頬《ほお》をひっぱたくんだろう?」

「とびきりきついヤツをね」

「なら、このままでいてもらおう」

ヴィルヘルムは肩を竦《すく》めた。

マリーアが運び込まれたのは、見た事もない空間だった。

パッと見は教会の聖堂にも似ている。扇状に歪曲した壁《かべ》には、パイプオルガンのような筒が幾重《いくえ》にも並んでいる。奥《おく》まった一段高い床《ゆか》には、鍵盤に似た入力装置らしきものも見受けられた。

だが油と鉄の臭《にお》いは、聖堂などとはむしろ真逆。効率と機能を念頭に置いた無機質で機械的な印象だった。

「…………ふぅ」

「……その『くだらねぇ』って言いたげな溜息《ためいき》やめなさいよ。気分が悪いわ」

「溜息など吐《つ》いていたか?」

ヴィルヘルムは意外そうな顔になる。

「しかし、そうだな。確かに『くだらない』とは思っているよ。君は力がありながら、それを最大限活用する機会を放棄している。ライルくんに対しての態度がそうだ。君は彼の扱《あつか》い方を誤っている」

「勝手に決め付けられたくないわね」

「決め付けではないさ。事実だ」

淡々《たんたん》と、独り言だってもっと情緒がある調子で述べるヴィルヘルム。

「…………ふぅ。まあ、君はライルくんへの交渉材料として使えるからな。その価値がある内は、乱暴に扱わないと保証するよ」

「…………」

「ああ……一応聞いておこうか。なぜ君はライル・バルトシュタインに好意を抱《いだ》いているのかな？　もしかしたら役立つ情報かも知れないから聞いておこう」

マリーアはこの時ほど、手が自由でない事が恨めしいと思えた事はない。せめて片手が自由なら――

「――教えるかバ――カ！」

めいっぱい目を剥いて「べェ」と嘲《あざわら》ってやれたのに。

「……まあ、いい。たいした問題ではない」

ヴィルヘルムはそれだけ言うと、口を閉ざした。

マリーアはふんと鼻を鳴らす。

（……どうせあんたに話したって分からないでしょうよ）

もうひとつおまけに鼻を鳴らすと、マリーアは身体から力を抜《ぬ》いた。今から気張っていてもしょうがない。

マリーアは幼馴染《おさなじ》みの少年を信じて身体を休めた。

2

西郊外の軍轄第一造船場三番工場跡地は、多目的広場から離れた場所にある。そこだけ水はけが悪くて使いにくい——そういう理由で放置されているらしかったが、それなら何でそんな場所に工場を建てたのかと疑問が残る。

ライルはその疑問の答えを見ていた。

原っぱの真ん中に、うっすらと光を漏《も》らす穴があった。穴はコンクリートで固められ、ちゃんとした階段まである。

水はけが悪いのは当然。なぜならこの三番工場跡地の下には地下室がある。それもかなり広い。水はけの悪さは、おそらくその地下室のせいなのだろう。

「……」

ここまで連れて来てくれた馬車を引く馬たちを労《ねぎら》い、ライルは地下へ降りて行った。

階段には所々明かりが灯され、階段そのものもしっかり舗装《ほそう》されていて歩き難くはなかった。ただ、長年放置されたらしく埃《ほこり》は溜まっていた。その埃に、最近付いたらしい真新しい足跡がいくつかあった。

ようやく出口に辿《たど》り着いたライルは、目の前の光景を目にして息を呑《の》んだ。

予想通り、かなり巨大《きょだい》な人工の地下空間があった。舞踏会《ぶとうかい》を開いた学院のホールが子供の砂場に思えるほどだ。

だが、ライルが真に驚《おどろ》いたのは、その空間に鎮座する巨大な構造物だった。

「これは……」

全体を鉄で覆《おお》った硬式飛行船。機体を浮き上がらせる為の気嚢《エンベロープ》は全長二〇〇メートルを超え、幾重もの甲板《かんぱん》を備えた下部ゴンドラも三階建てのビルくらいは高さがある。そして機体の各所には、明らかに砲台を収容できると思わしき仕切り蓋《ぶた》。

「巨大飛行船……いや、〝飛行戦艦〟か……」

地下で忘れられていたのも含め、軍の造船場跡に相応《ふさわ》しい代物《しろもの》だった。

飛行船に火力を持たせた飛行戦艦は、飛行船の黎明期から度々《たびたび》提議された運用案だった。

そして、提議される度に廃案になっている。

理由は単純で、積載荷重《ペイロード》の問題である。

通常の飛行船でさえ、厳密な重量調整によって飛行を可能とするのだ。艦全体を覆う装甲、大出力の蒸気機関、武器弾薬《だんやく》と、それだけでも相当の重量だ。

なにより厄介なのは、艦を運用する人員である。海の時代から、一番の荷物は人間なのだ。戦闘《せんとう》まで付加された複雑なシステムを載《の》せるには、飛行船はあまりに頼《たよ》りなかった。

「これが〈最後の魔女の遺産〉……？」

疑わしき目で観察していたライルは、飛行戦艦の後部ハッチがこれ見よがしに開いているのを確認《かくにん》した。

口元を引き締《し》め、艦内へ向かう。

内部もすでに明かりが燈っていた。その明かりが、ライルの進むべき道順を示していた。

蒸気機関もすでに稼働《かどう》しているらしく、床や壁から微《かす》かな震《ふる》えが伝わる。せまい通路は頭上にパイプが這《は》い、居住性などは皆無《かいむ》に近い。それだけに、この機体が純粋《じゅんすい》な戦闘用であると無言の内に示していた。

通路の終端は、これまでの通路と打って変わった趣の空間だった。どちらかと言えば、教会の聖堂に近い。入口の向かい側、すなわち要塞の前方側には、巨大なパイプオルガンめいた装置が鎮座していた。

「――ようこそ」

その、パイプオルガンめいた機械の基部に、一人の男が剣《けん》で床を突《つ》き立っていた。

「〈最後の魔女の遺産〉――飛行戦艦〈巨人の王《ユミール》〉、その中枢へ」

ヴィルヘルム・ゼストが、待ちわびたように笑った。

ライルはヴィルヘルムを睨みつけながら、同時に彼の背後のパイプオルガンめいた巨大機械も観察した。

パイプと思えたものは、数字を刻んだホイールが並んだ円筒だった。それが壁の一面にずらりと並び、膨大《ぼうだい》な歯車やクランクが付随している。そしてパイプオルガンの『鍵盤』の位置には、タイプライターそのものの巨大なキーボードが設置されていた。

そのキーボードの前にヴィルヘルムが立ち、すぐ横には簡素な椅子に縛られたマリーアがいた。不機嫌《ふきげん》そうだが彼女の身体に傷がないのを見て、ライルはほっと息を吐いた。

「――この〈巨人の王〉の制御《せいぎょ》甲板に設置された機械が何か分かるだろう？　かつて君が提案し、《最後の魔女》によって発表された機械だ」

ヴィルヘルムが試すように問い掛《か》ける。

もちろんライルにはすぐ分かった。かつて彼が思い描《えが》いた完成図そのままだった。

かつてライルが考え付いたのは階差機関《ディファレンス・エンジン》――蒸気機関を動力にした計算機だった。決まった動作で確実性のある計算結果を算出するものだが、大がかりな割に出来る計算も単純なものなので、紙で計算した方が早いと一笑された代物《しろもの》である。

だが、計算機は単なる第一段階に過ぎない。計算を半自動的に実行する機械が実用化されれば、その次の段階がある。それこそが――

「そう。計算機ではなく、命令を処理する機械頭脳――『思考機関《インジニアス・エンジン》』だ」

命令に基づき、機械そのものが自らの機能を制御《せいぎょ》するシステム――ライルも理論だけは考え付いたが、現在の技術では到底完成できないと思っていた。

それが、いま、目の前にある。

「この〈巨人の王〉の船体は、かつて飛行戦艦という構想を実現する為に試作され、失敗作として放棄されたものだ。地上の造船場が焼け落ちた後もそのまま放置されていた。

この失敗作に目を付けたのがエルルーア・アゾートだ。かつて軍にも協力していた彼女なら、この船の存在を知る事も出来たろう。もっとも、真に欲しかったのは複雑かつ巨大な駆動《くどう》源を必要とする思考機関を可動させるに足る器だろうがね。

だが戦闘機械と思考機関の二つが合わされば、どれほどの〝力〟となるかは判るだろう？」

「…………」

もちろんライルも理解していた。

思考機関を備えれば飛行戦艦の運用に必要な積載荷重の問題が、かなりの部分で解消される。あらかじめ思考機関に〝命令《プログラム》〟を記録しておけば、あとは勝手に機械がやってくれる。砲を構える兵隊や、出力調整する機関員——飛行戦艦に付き纏《まと》った〝重い人間たち〟という縛りを、劇的に解決してくれるのだ。

「これが量産されたなら、画期的な兵器になるだろう。整備さえしっかりされていれば、機械は命令を間違えないし疲《つか》れもしない。まさしく理想的な兵器だ」

ヴィルヘルムは満足そうに、楽しい玩具《おもちゃ》を見つけたように嬉々として話した。

その『理想的な兵器』がひとたび投入されれば、百から千の死者を楽々と量産する——そういう事をきっちり理解した上で称賛しているのだ。

「これを見つけた時は俺も胸を躍《おど》らせたが——この思考機関は動かない。この機関を動かす為の〝鍵〟がない状況《じょうきょう》でね」

ヴィルヘルムは鍵盤《キーボード》の上部にある空隙《くうげき》を示した。ちょうど手の平ほどの、丸い何か——そう、例えば懐中《かいちゅう》時計大の何かが収まる様な凹み。

「打ち込んだ命令を計算式に訳す変換鍵《へんかんかぎ》——それをずっと探していた」

ヴィルヘルムはそう言うと、ライルから奪った懐中時計——エルルーアに貰った懐中時計を取り出した。懐中時計の外装と風防を外し、その『中身』を抜き出した。

黒いレンズ状の物体。時計の針が接続されていた部分はまさしく鍵のような突起を見せ、表面を走るラインから規則的に光が漏れていた。

「これで〈巨人の王〉は起動するだろう。そしてその後は、君が必要だ」

ライルに向かい、ヴィルヘルムは力強さにあふれた腕《うで》を差し出した。

「《最後の魔女》の行方が知れぬ今、彼女の次に——いや、《魔女》よりもこの思考機関をよく知る君の力が。ライル・バルトシュタイン、俺とともに来い。この〈巨人の王〉と一緒に、君の才能を世界に知らしめよう」

「…………」

ライルは差し出された手を、ヴィルヘルムの背後の思考機関を無言で見詰《みつ》めた。

感動がなかった訳ではない。自分の思い描いた機械がこうして目の前に形を見せて、心の動かない人間が科学を学ぶワケがない。

この思考機関を多くの人間に見せたい。それはライルの偽らざる欲望だった。

「…………お断りします」

数秒の間を置き、ライルはやはり拒否した。

ヴィルヘルムが顔を曇らせる。ライルの返答がよほど予想外だったらしい。

「たしかに僕《ぼく》は思考機関を構想しました。けどそれは、こんな風に使われる為じゃない」

「……君は自分の力の結晶を、自分の価値を自分で否定するのか？」

「僕はこんな人を傷つけるだけの目的で考えたんじゃない。少なくともその〝はじまり〟が兵器として使われるのを、黙《だま》って見過ごす事は出来ない」

「知恵《ちえ》と知識は〝力〟だ。力は振《ふ》るわれなければ価値はない。ならばもっともその価値を高める振るい方を――兵器として振るうのがてっとり早いだろうに」

ヴィルヘルムは頭痛を払《はら》うように頭を振ると、無念そうに呟《つぶや》いた。

「できるならライルくんには自発的に協力して欲しかったが、こうなっては仕方がない」

ヴィルヘルムは腰《こし》の剣を引き抜いた。

「やはり、こうするしかないようだ」

仄赤く濡れた魔剣がマリーアに向けられる。

マリーアは忌々しそうに鼻を鳴らした。

「――汚い男ね」

「手段などは目的の為にいくらでも正当化される。さぁ――どうする、ライルくん？」

「……それなら、僕も人質《ひとじち》を取らせてもらいます」

「人質？　俺にはそんなものは……！」

　ヴィルヘルムが言葉を失った。

　マリーアも目を見張る。

　ライルは外套の懐《ふところ》から棒状の道具を取り出していた。肉叩《たた》きにも似た、木材の柄に金属製の筒が取り付けられたそれは、

「手榴弾、だと……」

　柄付手榴弾は、ボルトアクション式ライフルと並ぶ最新の武器だった。着火方式が導火線から雷管《らいかん》に変わったおかげで、安全な携行武器として流通している。

「いったい何処《どこ》から……」

「爆薬の調合も雷管の製作も、分かっていれば意外に楽ですよ」

　ライルは柄の先端《せんたん》の紐に指を掛けた。

「もし僕に吹っ飛んで欲しくないのなら、速《すみ》やかにマリーアを解放して下さい」

「……とんでもない事を考えるな、君は」

　これまで余裕《よゆう》を崩さなかったヴィルヘルムが、はじめて整った顔を強張《こわば》らせた。

「もっとも合理的で成功率の高い方法なだけですよ」

　ライルはにこりと笑った。

「本当に僕を高く買ってくれているんですね、ゼスト卿《きょう》。さあ、どうします？」

「……この距離《きょり》なら、俺ならば一秒半で到達する。手榴弾を弾《はじ》くには十分な時間ではないかな？」

「なら——試《ため》してみましょう」

と、ライルはあっさり紐を引いた。

「ライル！」

「くっ」

マリーアの悲鳴が上がる前に、ヴィルヘルムは駆《か》け出していた。

言葉通り二秒足らずでライルのもとに達したヴィルヘルムは、ライルの手から手榴弾を弾いた。

「冷や冷やさせ——！」

手榴弾が破裂したが、襲《おそ》って来たのは爆風ではなく強烈《きょうれつ》な閃光だった。

「これは——！」

「ご心配なく！」

予め顔を隠していたライルは、目を押《お》さえたヴィルヘルムの横を走り抜けた。

「ただの化学《かく》発光ですから！」

ライルは一目散にマリーアへ向かった。

マリーアも強烈な光に目を回していたが、ライルの気配に気付くとぱっと顔を輝《かがや》かせた。

「ライルぅ～」

「無事で良かったよマリーア」

ライルはマリーアを拘束《こうそく》する縄に手を掛けた。

「！　ライル後ろ！」

ハッ、と後ろを向くと、ヴィルヘルムが戻《もど》ってきていた。まだ光に焼かれた眼《め》が回復し切っていないものの、ライルに手を伸《の》ばしてくる。

「やってくれる――――ッ！」

落ちてくる銀閃。

ヴィルヘルムは勘《かん》だけで魔剣を振って迎撃した。

「貴様か……」

突如天井《とつじょてんじょう》から落ちてきたルーナリアが、再度鋼の長剣《ちょうけん》を振るった。

ヴィルヘルムは危なげなく防御する。

視力低下による戦闘力の低下がほとんどないのを見て、ルーナリアは『霧』を発する。

ヴィルヘルムの視界を遮ると、両腕《りょううで》にライルとマリーアを掴《つか》み、〝霧踏み〟によって滑《すべ》るように距離を取った。

「……やられたよ、ライルくん」

念入りに瞬《まばた》きをした後、ヴィルヘルムはライルを睨んだ。

「――いまのはいったい何だったんだ？」

「金属粉――アルミニュウムと燃焼剤で作った発光反応です」

椅子ごと移動してきたマリーアの縄を解き、ライルはヴィルヘルムに向き直った。

「本物の爆薬なんて、いくら僕でも管理が厳しくて作れませんよ」

「カマをかけられた、というワケか。やれやれ……君には本当に驚かされる」

一杯《ぱい》喰わされたと言うのに、ヴィルヘルムは楽しそうに笑った。

「これでは尚更――お帰しするわけには行かんな！」

ヴィルヘルムは身をひるがえして思考機関の基部に走った。

ライルが止めろと言う暇《ひま》もない。

思考機関の〝鍵穴〟に、《魔女《まじょ》》の懐中時計の中身が嵌め込まれた。

カチリ、という小さな音とともに、無数のホイール群が一斉《いっせい》に回転し始めた。

「――『浮上』」

ヴィルヘルムの指が鍵盤の上で踊《おど》る。

瞬間《しゅんかん》、蒸気機関の駆動音が高まり、中枢甲板が――飛行戦艦そのものが、身動ぎするように大きく震え出した。

3

王都西郊外《こうがい》の多目的広場で行われていた曲芸祭も終わり、大道芸人たちはしたたかに酔っていた。とある有力貴族から、かなりの量の酒が寄贈されたのだ。その贈り主がヴィルヘルム・ゼストであることを知る人間は少なく、三番工場跡地《あとち》から遠ざける意図があると知る者は誰《だれ》もいない。

もっとも、誰も彼《かれ》もタダ酒が飲めるなら細かい事は気にしなかった。

最初、彼らはその揺《ゆ》れを酔いのせいだと思った。

次に、酔いの浅い者がそれを指差した。

「はっはっは！　飛行船まで酔っ払ってこんな所に！」

ほとんどの者が気にせず酒盛りを続けた。

「ははは！　素晴らしいな！」

飛行戦艦〈巨人の王〉の制御甲板の壁の一部は浮上と同時に収納され、硝子《がらす》越《ご》しに外の景色を映していた。遠くなる大地が浮上の実感を与《あた》える。

鍵盤の操作だけで、この巨大な飛行戦艦が動いている。〈巨人の王〉の中枢たる思考機関は、間違《まちが》いなく世界の戦争を一変させるだろう。いまはまだ飛行戦艦という巨大な容れ物にしか対応できないが、小型化されればその価値は計り知れない。

「ははははっ！　素晴らしい！　やはり君は天才だ！　ライル・バルトシュタイン！」

「…………」

ヴィルヘルムの讃辞に、ライルはただただ無言だった。

自分の考え出したものが、考えうる限りもっとも最低な扱われ方をされようとしているのだ。悔《くや》しさで言葉が見つからなかった。

「……どうするの、ライル？」

縛めを解かれたマリーアが、腕や肩《かた》を擦りながら耳打ちした。

「調子乗りまくってるけど、まったく隙がないわよ、あのイケスカし貴族」

「……思考機関を押さえなくても、この飛行戦艦を止める方法は他《ほか》にもあるよ」

自動化といえば聞こえはいいが、それは同時に複雑さを抱《かか》える事でもある。複雑な機械ほど、つけ込む弱点は多くなる。たとえば、頭が駄目《だめ》なら心臓を潰すというような——

ライルはじり……と後退ろうとしたが、それを察したようにヴィルヘルムの指が鍵盤を叩いた。

途端《とたん》、中枢甲板に通じる通路がガタンと音を立て、鉄の壁《かべ》で閉じられた。

「これで、機関中枢への道は閉ざされた。さぁ、どうする？」

「………」

「ライル」

無言になったライルに、マリーアが肩を叩いた。

「何を考えてるか分からないけど……あたしを使いなさい」

ライルが振り向くと、マリーアはどことなく剣呑に笑っていた。

「あたし、こう見えても強いのよ？」

「……知ってるよ」

ライルは苦笑《くしょう》した。

なんとも情けないが、全滅覚悟《かくご》の賭けに出る前に、彼女《かのじょ》らの力を借りるしかなさそうだ。

「……ルーナリア。荷物渡《わた》して」

ルーナリアの背中に背負われた荷物を受け取ると、ライルは次々と武器を取り出した。

「はい、マリーア」

愛用のライフルと銃弾《じゅうだん》の収まったベルトを渡すと、マリーアは「これよこれ」と言って身に付けた。ライフルの先には、銃剣も装備する。

「さぁ、戦闘準備完了よ」

「了解……ルーナリア？」

「……はい」

ヴィルヘルムを凝視《ぎょうし》していた少女は、ライルの呼び掛けに弱々しく返事した。

「現状、彼の魔剣《まけん》に対抗できるのは君だけだ。なんとか時間を稼いで欲《ほ》しい」

「……わかりました」

ルーナリアは手にした剣を握《にぎ》り直した。

「ルーナリアは時間稼《かせ》ぎ。マリーアはすこし僕に付き合って」

「了解」

「相談は終わったかな？」

ライルたちに向き直ったヴィルヘルムが、魔剣を引っ提げ歩み寄ってくる。

先手を取り、ルーナリアが飛び出した。

琥珀眼《こはくがん》から魔力励起光《まりょくれいき》を発し、身体に『霧《きり》』を纏わす《夜闇の血族《ノスフェラトゥ》》を、ヴィルヘルムはつまらない顔で迎撃した。

伸びてきた『霧』を魔剣で薙ぐ。この世ならざる『霧』は、同様の魔性《ましょう》を持った剣によって打ち払われた。

「――ぬ？」

ルーナリアの剣が振るわれた。後ろに飛んだヴィルヘルムの鼻先を掠める。間髪《かんはつ》容れず『霧』の杭が追撃を掛けるが、ヴィルヘルムは飛び退きながらすべて叩き斬った。

「『霧』と剣の複合攻撃《こうげき》か。多少は手数を増やしたようだが……」

見る者の距離感を狂わす〝霧踏み〟の接近で剣を突き出すルーナリアだが、ヴィルヘルムは余裕で防いだ。続く『霧』の触手による搦め手も、ことごとくを避《よ》け、払い、斬り伏《ふ》せる。

「それなりの心得があるようだな。膂力《りょりょく》と反射神経もあってなかなかの剣だが、俺《おれ》には及ばん。『霧』も速度は大したことないな」

見極《みきわ》めるや、ヴィルヘルムが攻撃に転じた。

展望台での戦闘が小手調べと思えるほど、魔剣は速さも威力も数倍増していた。

「くう――」

魔剣を受け止めたルーナリアの手がしびれた。ならばと『霧』で防御するが、魔剣は『霧』を切り裂き迫《せま》ってきた。切っ先が首元を掠め、ルーナリアの細い首筋に血が滲んだ。

「痛っ――」

「抵抗《ていこう》するな。これは慈悲だぞ？　君の仲間のもとに送ってやろうというのだからな」

「……あなたは何を知っているのです？」

首を押さえたルーナリアがきっと睨《にら》む。

「その魔剣を、いったい誰から譲り受けたのです……？」

「もちろん、君の里を焼いた者たちからだよ」

魔剣の刃《は》を撫でながら、ヴィルヘルムは言った。

「我《わ》がゼスト家以外にも、幻想《げんそう》の住人と密約を交《か》わした者たちはいる。中には〈蒸機革命〉で一変した世界に適応するよう提案する者も――霧の血族は、その新たな在り方を拒絶したが故《ゆえ》に滅ぼされたのだろう？」

若き辺境伯《はく》は、ルーナリアに憐《あわ》れみの眼を向けた。

「まぁ、しょうがないな。いつまでも閉じ籠っているばかりでは、な。すでに闇に潜んでいるだけで幻想種が畏《おそ》れられる時代は過ぎた。それを認めず、古びた過去の約束事に縛られ、変化を拒む硬化した思想――血統に頼って力を失った没落《ぼつらく》貴族どもと変わりない。まったく無価値で、なんの生産性もない。滅《ほろ》びて当然だったよ霧の血族《きみら》は」

「だまれ！」

ルーナリアは叫《さけ》んで斬りかかった。剣を、『霧』を振るうが、ヴィルヘルムは子供をあやすように受け流す。

ルーナリアはなおも我武者羅に攻め立てた。

「父様を！　母様を！　姉様たちを！　私の仲間たちを侮辱するな！」

「なぜ怒る？　なぜ憤《いきどお》る？　君のやっている事は無意味だぞ？」

「だまれ！」

「その怒り《いか》が無意味だと、君自身が分かっているのではないか？」

むしろ優《やさ》しげな囁《ささや》き声に、ルーナリアの顔が泣きそうに歪む。

「だま、れ……！」

「真に無価値なのは君自身だ。なんとなればこうして此処《ここ》にいる事が間違いなのだからな。

此処にいるという事は――逃《に》げ出したんだろう？」

「だま……ッ！」

「そう、君は霧の血族を捨てて逃げ出した死に損ないだ」

「っ…………」

ヴィルヘルムが囁く度、ルーナリアの動きが目に見えて狂い出した。剣筋がぶれ、『霧』の狙《ねら》いが精彩を欠く。

恐るべき武人の業を振るうヴィルヘルムだが、戦意を削ぐ話術も容赦《ようしゃ》がなかった。

彼は貴族にもっとも必要なものは『見極める眼』だと言った。その言葉通りに、若き辺境伯は《夜闇の血族》の少女のもっとも脆い部分を見極めているのだ。

「そんな君がなぜ仲間を侮辱されて怒る？　泣く必要も、悲しむ理由も——怒る価値すら捨てて逃げた君が？」

「っ！　っあ……ああああああああああああああああああああッ！」

ルーナリアは絶叫《ぜっきょう》した。癇癪を起した幼子のように、ただ勢いに任せて剣《けん》を振るう。

ヴィルヘルムはルーナリアの愚直な振り下《お》ろしに、魔剣を横合いから叩き付けた。

バキンッ！

甲高《かんだか》い音がして、ルーナリアの剣が真っ二つに折れた。

ヴィルヘルムは茫然《ぼうぜん》としたルーナリアの腹に掌底を叩き込む。恵まれ鍛《きた》えられた身体の生み出す運動力が余さず打ち込まれ、ルーナリアは血を吐《は》きながら吹《ふ》き飛び、なす術なく床《ゆか》を転がった。

「……あ、あぅう……う、ううう………」

身体に力が入らない。身体ががくがくと揺れる。

それでも何とか立ち上がろうともがいていると、手から剣が抜《ぬ》け落ちて床に転がった。

折れた剣。役立たずの刃。まるで——自分のようだ。

ほとんど根元から折れた刀身を目にした瞬間、ルーナリアはとうとう気力すら入らなくなった。

「そう、それが正しい。誇《ほこ》りも自負も失った憐れな屍《しかばね》には、何の価値もない」

ゆっくり歩みながら、ヴィルヘルムは首切り役人のように魔剣を振り上《あ》げた。

「消え失せろ……？」

何かに気付き、ヴィルヘルムは背後を向く。

ライルがマリーアと一緒《いっしょ》に、壁の一部を引き剝がしていた。

「予想通りだ……！」

ライルは中枢甲板の整備ハッチをマリーアに手伝ってもらい引っぺがし、そこに求めたものを見つけた。

「師匠《ししょう》の事だ。必ず予備を用意してると思った」

ヴィルヘルムが陣取っていた思考機関本体前のキーボードほどではないが、数字の羅列された小型の端末《たんまつ》が設えてあった。命令《プログラム》を打ち込む鍵盤が故障した場合の副端末だ。

「何とかなる？」

「何とかする」

マリーアの呼び掛《か》けに応じ、端末を膝《ひざ》に抱える。柄にもなく胸が熱くなった。

——自分が考案した技術の結晶。

それが現実に存在する。自分の考えたものが実現されて、喜ばない研究者などいない。

拭いきれぬ業のようなものを覚え——ライルは皮肉っぽく嗤った。

「ライル?」

「お笑い草だ……僕は喜んでる。散々世界を変えてしまうような発明を忌避《きひ》しといて、それが目の前に差し出されたらワクワクせずにいられない」

なんてさもしい、憐れな生き物なのだろうと思った。

「……ごめん、マリーア」

「ライル?」

「僕はただ、怖がってるだけだ。自分が誰かの人生や生き方を変えるなんて恐くて——ただ怖《こわ》いから何もしなかった」

何もしなかったから、こんな所まで来てしまった。こんな事態になってしまった。

だが、分岐点は無数にあった。何度も何度も、ライルの横に立つ赤銅色《しゃくどういろ》の髪の少女の箴言《しんげん》があった。彼女の言葉に応《こた》えていれば——彼女が望むように力を振るっていれば、こんな風にはならなかったのではないか?

「……ごめん、マリーア。やっぱり、僕は君に望まれたようにやっていれば――」

「あたしが望むのは、ライルが望むようにやってくれることよ」

あっけらかんと言うマリーアに、ライルは思わず端末から顔を上げた。

マリーアはにんまりと笑って頷《うなず》く。

「何を気にしてるのか知らないけど――あたしはライルに期待はしても強制しないわ。そりゃ、いろいろ下準備はしてるけど……それはあくまであたしの趣味《しゅみ》よ」

「けど、僕は……」

「知恵や知識は、手段であって目的じゃない。たしかにライルは色々な事が出来るだろうけど……それはライルだけのものよ。だからそれがライルの目的《ねがい》に適ってないのなら、何もしなけりゃいいわ。ライルはライル。何も気にすることなんかないわ」

そう言って、マリーアは悪戯《いたずら》っぽくウィンクする。

――ああ、そうか。

胸が軽くなる。

ライルはずっと、マリーアが自分に構うのは、自分の知恵と知識が目当てではないのかと思っていた。その知恵と知識を、かつてのエルルーアのように振るう事を求められているのでは、と。

ライルはずっと迷っている。自分の力が間違って人を傷つけやしないかと。だからみだりに才能を発揮するのを控えていた。そんな消極的な人間が、どうしてマリーアみたいな少女に構ってもらえるのだろうかと後ろめたく思っていた。

けれど、この堂々とした少女に対し　引け目や後ろめたさを感じる必要などなかったのだ。

「——困るな、ライルくん？　いったい何をしようとしているのかな？」

端末を操作するライルに、ヴィルヘルムが駆けてくる。

「ライル、頼むわよ！」

マリーアは一切の容赦を捨てて発砲。

読んでいたように銃弾を避けるヴィルヘルム。銃口《じゅうこう》から弾道《だんどう》を予想したらしい。

ヴィルヘルムはマリーアに新たな銃弾を込めさせる間を与えず斬り掛かる。

マリーアは逃げず、それに真っ向から打ち合った。

魔剣と銃剣《じゅうけん》が火花を散らす。

「ぬ！」

「はあああああっ！」

銃剣を引き、相手の勢いをいなす。カウンター気味にライフルの銃床《じゅうしょう》が打ち込まれた。

鉄板で補強された銃床に額の皮膚を剥がされながら、ヴィルヘルムは身を逸らしつつ一時後退した。

「……なるほど」額の血を指で拭き取り、ヴィルヘルムは目を細める。「ライフルが本当の得物か。その技――『銃剣術《バヨネット・フエヒテン》』か」

「ご明答」

マリーアがライフルを槍のように構えて不敵に笑う。

銃《じゅう》が実用化されるに従い、剣に生きる騎士の中にもその新兵器を武術として取り込む者が出てきた。『銃剣術』はその途上《とじょう》に生まれて洗練され続けた、最新の近接戦闘《せんとう》法だった。

銃弾を込めたマリーアを、ヴィルヘルムが剣の調子を確かめながら睨み据《す》える。

「……あのメイドがあってこの主人あり、か。愉しませてくれる――！」

遊び相手を見つけた獣《けもの》の笑《え》みで、ヴィルヘルムはマリーアに襲いかかった。

マリーアはドレスをひるがえし、必死の形相で魔剣の刃を受け止める。

「ライル！　早くして！」

「何をする気か知らんが――っ！」

マリーアの銃弾を剣の腹で受け止めたヴィルヘルムが目を見張る。

窓の外の風景が――星の光がゆっくりと動いている。進行を操作されている。

「まさか——」

「回転翼《よく》のトルクが予想以上に強い……コンマ３修正……」

「変換鍵《へんかんかぎ》を使わずに直接コントロールしているだと！」

驚《おどろ》きの隙《すき》にマリーアの銃剣が突《つ》き出されるのを紙一重《かみひとえ》で避けるヴィルヘルム。

「ばかな！　あくまで予備は予備！　しかもそんな数字だけの端末で——何故《なぜ》！」

「あなた自身が言った筈《はず》だ、ゼスト辺境伯。この思考機関を造ったのは師匠でも——理論と基礎設計を生み出したのは、僕《ぼく》だ」

　ライルは端末から目を逸らさずにヴィルヘルムの質問に回答した。

「思考機関とはいえ、その基本は計算だ。人が扱《あつか》いやすいよう文字入力の鍵盤を用意しても、入力した命令は計算式に翻訳される。その翻訳方式《プロトコル》さえ分かれば、命令を直接計算式として入力するだけ……」

「馬鹿《ばか》な！　仮にそれが可能だとして——いったいいつ命令《プログラム》の計算方式を！」

「基本計算は１と０の二進法。あとはあなたが命令した時に回転したパイプのシリンダー——それで計算処理の法則性は見てれば分かる」

　ライルは指の数が二倍にも三倍にも見える速度で指を躍《おど》らせた。

　パイプオルガン——思考機関の演算ホイール群がけたたましい軋り声を上げ回転する。

期待通りの命令を実行する計算式《コード》が入力され、封印されていた中枢甲板の扉《とびら》が開かれた。

「行って！　ライル！」

「ああ！」

マリーアに促され、ライルは駆《か》けて行こうとする。だが、倒れ伏したルーナリアを見て、ほんの少しだけ踏み止まる。

「――ルーナリア！」

先ほどのヴィルヘルムとの会話は聞こえていた。それは彼女の投げやりとも捨て鉢《ばち》ともいえる態度を裏付けていた。現に、呼ばれてこちらを見る彼女の顔は、最初出会った時の虚《うつ》ろな無表情に戻《もど》っている。

「……いまの君に価値があるのかないのか、それは僕にはわからない！　僕が決めて良い事でもない！」

けれど、と罪悪感の虜となったルーナリアの心に反駁する。

「けれど！　いま君がここで何もしなかったら、ゼスト卿《きょう》の侮辱を受け入れる事になる！君は君の血族の価値まで決めつけられてそれで良いのか！」

それだけ言って、ライルは背を向けた。

これだけでルーナリアの心が晴れるとは思わない。だが、先ほどライルがマリーアに救われたように、ルーナリアの後ろめたさを少しでもかるくしてやりたかった。

(──そうやって、まだ彼女を戦わせようとしてる……偽善《ぎぜん》だな)

ライルは自嘲《じちよう》を振《ふ》り切るように、〈巨人の王〉の機関中枢への速度を速めた。

「行ったわね……」

遠ざかるライルの足音を背に、マリーアはライフルを構え直した。

「……………」

対するヴィルヘルムは、ライルが解錠した甲板出口を呆《ほう》けた顔で見詰《みつ》めていた。まるで隙だらけで適当に狙って撃てばそれで終わりそうだったが、マリーアは剥《む》き出しの肩や首筋に感じる異質な空気を感じて自制した。

「……………くっ、くく……あ────っはっはっはっはっは!」

ヴィルヘルムは身体を折って大笑いした。

「は、ははっ、くくく……直接計算式を打ち込んだ？　それが複雑すぎたからこそ変換鍵を探し求めていたのに────ホイールの回転を見て？　あんな高速で動く数字たちから命令を読み解いた？　いったいどれほどの暗記力と計算力が必要になる？　神童も今や、などとも懸念《けねん》していたがとんでもない！　彼は怪物だ。膨大《ぼうだい》な知識と並外れた計算力を持った知性の怪物！　素晴らしい！　なんとしても仲間になってもらおう」

ぞくり、とマリーアは背筋を凍らせた。

ヴィルヘルムの声に、邪気めいた響《ひび》きは皆無《かいむ》だった。好青年然とした前向きな爽やかさえ感じられるほどだ。

だがその言葉の意味するところは、相手の意思など関係なく自分に従わせる、という事に他ならないのだ。

ヴィルヘルムは思考機関の基部へと戻って鍵盤を叩《たた》いた。カコン、と金属の蓋《ふた》が外れる音がする。

「艦内の伝声管を開放した。この制御甲板《せいぎょかんぱん》のやり取りはすべて艦内に流れる事になる」

なんでそんなことを、などとは聞くまでもなかった。

「ライルくん！　爆薬もない状態でどうやって機関中枢を破壊するかは知らないが……戻ってきたまえ！」

艦内を走っているライルに、辺境伯は呼び掛けた。

「考え直すなら早い方がいい！　俺とて女性に悲鳴を上げさせるには忍びないし――〈朱い月牙〉が血を吸えば最後には同じ事になるのだからな！」

「！」

ヴィルヘルムは影《かげ》法師のように音もなく迫ってきた。魔剣がマリーア目掛け迫ってくる。

マリーアはライフルを槍のように回転させ、歯を喰いしばって魔剣の猛攻をしのぐ。

掠《かす》り傷でも負えば操られてしまう。極限の集中力が要求された。

「こ、ん、の！」

「銃剣術は攻撃力に優《すぐ》れた戦闘法である分、防御は不得意だ。受けるだけでは埒が明かないのではないか？　ん」

ライルへの説明であると同時に、マリーアへのあからさまな挑発だった。

銃剣の扱いは槍に似るが、基本的には一撃必殺を信条とする。それだけに反撃に際し隙が出来るのは避けられない。ヴィルヘルムはそれを狙っているのだ。

「心配するな。君を無下に扱う事はしない。むしろ君の願いを叶えてやろうと言っているんだがな、俺は」

「なんっ！　の事っ、よ！」

「素直《すなお》になれない君の代わりに、俺が素直にさせてやろうと言うのさ」

防がれる剣撃の代わりとばかりに言葉の楔が放たれる。

「ライルくんに抱《だ》かせてあげよう。何、羞恥心を殺すのなど簡単だ」

「なっ――」

「それどころか、男の悦ばせ方も君の心に直接教えてあげよう。きっとライルくんも夢中になってくれると思うが？」

「この——下種がっ！」

大事に温めてきた気持ちを踏み躙るその言葉に、マリーアは思わず激昂する。

怒りは集中力を乱す。魔剣に集中していたマリーアは、ヴィルヘルムが柄を手放したのを見て目を見張る。その瞬間《しゅんかん》、鋭《するど》い肘が打ち込まれ、少女の身体がくの字に折れる。

空中で素早《すばや》く握り戻された魔剣が、痛みを堪《こら》えるマリーア目掛け落ちてくる。

「しま——！」

だが、魔剣の刃はマリーアの眼前《がんぜん》を通り過ぎて遠ざかった。そのままヴィルヘルムも遠ざかってゆく。

何が何やら分からない内に運ばれたマリーアは、自分の身体に絡み付いた『霧』に気付く。そのまま、ゆらりと立ち上がったルーナリアの横に下ろされる。

「……憎《にく》らしい人です」

ルーナリアがぽつりと零《こぼ》した。

「……ええ、私は無力で無価値なつまらない小娘《こむすめ》です。その考えを翻すつもりなど絶対にない……それを分かっていて、あんな事を……！」

マリーアは目をぱちくりさせ、ルーナリアの蒼《あお》褪《ざ》めた銀髪《ぎんぱつ》を見下ろした。

この少女はヴィルヘルムではなく、どうやらライルに腹を立てているらしい。〝くそったれ〟とか〝こんちくしょう〟と書かれた苛立たしげな顔からは、これまでの後ろ向きな陰《かげ》はどこかへ追いやられてしまっていた。

「ぜんぶ……ぜんぶ納得《なっとく》してたのに……なのに何で……！」

「――そういう奴《やつ》なのよ、ライルは」

見上げてくるルーナリアに、マリーアは誇っているようで呆《あき》れているようでもある、不思議な苦笑《くしょう》を返した。

「例えば、目の前に自殺しようとして死にかけた人がいたら助けるでしょ？　けど、ライルはその人に『命を大切にしろ』なんて言わないのよね。せいぜい『僕はそういうの嫌《きら》いです』って程度。それで、その後で同じ人が自殺しようとしたら助けるの。また自殺しようとしてもまた助けて……自殺を諦《あきら》めてくれるまで助け続けるのよ」

「…………分かる気がします」

ルーナリアはむっつりと押《お》し黙《だま》っていたが、やがて同意するように頷いた。

マリーアは、この意外と分かりやすい少女をとても身近に感じた。同じ少年に心を振り回されて、〝戦友〟めいた共感さえ覚えた。

「さっきは助かったわ。これが終わったら、お礼しなきゃね。何がいい？」

「……では、あなたの『秘密』を教えてください」

マリーアは一瞬眉《いっしゅんまゆ》をひそめたが、ライルの研究室でのやり取りを思い出すと納得して頷いた。

「ええ、いいわ。――じゃ、はじめましょうか、ル、ル、ル、ルーナリア？」

「はい、マ、マ、マ、マリーア」

赤銅色の髪《かみ》と蒼褪めた銀髪が、反発したようにパッと飛び退《の》いた。直後、仄赤い魔剣《まけん》が叩き付けられる。

「――二人ならどうにかなるとでも？」

ヴィルヘルムは右手のマリーアを追う。マリーアは牽制の銃撃を放った。当然のように銃弾《じゅうだん》を避《よ》けるヴィルヘルム。そのまま真っ直ぐ突っ込んで剣を振るい、

「むっ――」

密度の高い『霧《きり》』が魔剣からマリーアを守った。

『霧』に守られ後退したマリーアに代わってルーナリアが前に出る。

『霧』に乗って迫《せま》るルーナリアに、ヴィルヘルムは魔剣とともに再び言葉の刃で斬り付けた。

「いまさらか？　いまさら戦って何になる？　同族に背を向けた死に損ないが――」

「その通り。私は死に損ないです」

『霧』を振るい、ルーナリアは毅然《きぜん》とヴィルヘルムを見返した。

「いまさら怒《おこ》ってどうなる？　卑怯にも逃げるしかなかった無力な君が、いまさら戦って何になる？」

「何にもなりません。私はやはり無価値でしょうし、消えてしまえば良いという気持ちも変わりません。私は逃げ出した卑怯者。……けれど、霧の血族を――私はともかく彼《かれ》らを侮辱する言葉だけは、認めるわけにはゆきません！」

「……ちっ」

囁きが利かなくなった事をヴィルヘルムは悟《さと》った。

ルーナリアが虚無的だったのは、血族を助けられなかった後悔《こうかい》ゆえだ。己《おのれ》の無力さを許せなかったからこそ、『消え去るべき屍』『生きる価値を失った死に損ない』と思い込もうとしていた。

その無力感がいま、発端である『同胞《どうほう》への親愛』を刺激《しげき》されて裏返っていた。

「……なら、ただ斬るだけだ」

ヴィルヘルムは回転させざま、遠心力も込めた重い剣撃を繰り出した。魔力密度《まりょくみつど》を増した濃密《のうみつ》な『霧』が、ヴィルヘルムの斬撃に屈する。

ルーナリアはすでに折れた剣を手に防御の構えを取った。

「そんな役立たずの剣で何ができる！」

華奢《きやしや》な首を刈り取る魔剣はしかし、確かな手応えを以《も》って弾《はじ》かれた。

ヴィルヘルムが目を見張る。

「それは……」

幻想《げんそう》の『霧』が渦《うず》を巻き、ルーナリアの手に収束する。折れた剣に纏《まと》わりついた『霧』は剣身を補完するように、磨り硝子《がらす》のような白い半透明《とうめい》の刃《は》を顕現させていた。

「──〈狭霧の剣《ネブラ・スパーダ》〉」

ゆらりと舞《ま》い、ルーナリアは『霧』の刃を横薙《な》ぎに振るう。

迎撃する魔剣。限界まで高められた『霧』の収束率・密度によるものか、先ほどまでのようにはゆかない。ならばとヴィルヘルムはさらに力を込める。

〈狭霧の剣〉は半ばから断ち切られるが、すぐさま『霧』の刀身が再生してヴィルヘルムに迫った。

「なにっ？」

身を逸《そ》らすが、『霧』の刃は貴族らしく整った顔を掠め、頬《ほお》に傷を付けた。

ルーナリアは身体から発せられる『霧』のすべてを〈狭霧の剣〉に注いでいた。何度断ち切られても再生する――それは云《い》わば『受け止められない剣』だった。その名の通り、霧のようにすり抜《ぬ》けて迫ってくる。

だが、力を注ぎ過ぎた代償だろう。ルーナリアの消耗は『霧』を纏う時とはケタ違《ちが》いのようで、〈狭霧の剣〉が断《た》たれて再生するたび、その顔からは血の気が引いている。

「この――っ！」

所詮《しょせん》は防御を除外した捨て身――そう考えたヴィルヘルムが咄嗟に飛び退いた。足元で着弾《ちゃくだん》の火花が散る。

「こっちも忘れないでほしいわね！」

ライフル弾を装填《そうてん》しながらマリーアが叫《さけ》ぶ。

〈朱い月牙〉への耐性があるルーナリアが前衛と防御を、銃に秀でたマリーアが牽制と攻《こう》撃《げき》を。にわか仕込みながらこれしかない配置だった。

「……だが、所詮は小細工だぞ、小娘ども」

かすかな苛立ちを浮《う》かべ、ヴィルヘルムが少女たちに襲《おそ》い掛かった。

4

ライルは〈巨人の王〉の艦内を駆け抜けた。さきほどから制御甲板の戦闘状況《せんとうじょうきょう》が艦内に流れているが、マリーアとルーナリアを信じて先を急いだ。

予想される艦内地図から、機関中枢である琥珀炉《アンバー・リアクター》の場所を思い浮かべる。徐々に分厚い扉が多くなり導力管も太いものになってゆき、自分の予想が正しいと裏付けてくれた。

「……ここか」

一際分厚い鋼鉄製の扉に辿《たど》り着く。回転式のバルブを開くと、黄昏《たそがれ》色の熱気がライルの頬を叩いた。

五角形と六角形の組み合わさった三十二面体。それが琥珀炉のおおよその形だった。鋼鉄で鋳造された内部には真銀《ミスリル》合金と呼ばれる特殊な合金が蒸着され、それが琥珀《こはく》に含有されるエネルギーを効率よく反射増幅させる。

窯《かま》やパイプの群に半ば埋まった琥珀炉は大の大人をはるかに超える直径で、頑丈《がんじょう》かつ堅牢に作られていた。

琥珀を補充する五角形の投入窓を開け放っておけば多少の熱量が流出するだろうが、そんな悠長なことはしていられない。

「……使うか」

ライルは、密かに用意しておいた自分の武器を取り出した。

単発式の、榴弾銃《りゅうだんじゅう》。大口径ではあるが、鋼鉄の塊《かたまり》である琥珀炉を破壊する威力はない——

——通常なら。

仕掛《しか》けは弾の方。

中折れ式の銃に、虹色に光を反射する銀色の弾頭が装填される。

通路に出て距離《きょり》を取り、両手で保持した銃を船の琥珀炉へ向ける。

引き金に指を掛《か》け——ライルは迷った。

この〈巨人の王〉——思考機関を本当に破壊していいのか？

実際に稼働《かどう》している思考機関、この前人未到の発明を、ここで潰えさせてよいのか？

ここで撃《う》つのは、変えない覚悟《かくご》。

撃たないのは、変える覚悟。

かつてエルルーアに問われた課題が、ライルの指先一つに解答を迫っていた。

僕は——

引き金に掛かった指が震《ふる》えた。

その時、壁《かべ》の伝声管から、

〝——いいかげんにしろ！〟

迷いを飛ばさんばかりの大きな怒声《どせい》が聞こえてきた。

中枢甲板での戦いは一進一退を繰《く》り返していたが、それは危うい均衡に支えられていた。

ルーナリアの〈狭霧の剣〉は威力こそあるが、彼女《かのじょ》の剣術はヴィルヘルムには及ばない。いかに速く動こうとも攻撃を予測されて受け流される。

マリーアの弾丸《だんがん》も、今のところ命中していない。ヴィルヘルムの動きは迅速を極め、引き金を引いた瞬間にはすでにその場に居なかった。銃剣による刺突は言わずもがなだ。

超人的な剣の冴えを見せるヴィルヘルムに対し、マリーアとルーナリアは急遽でっち上げた連携で対抗するが、慣れない連携は二人の神経を擦り減らしていた。

「……ったく。勘弁《かんべん》して欲《ほ》しいわ」

荒い息を整えながらマリーアは嘆じた。

彼女の視線の先には、涼しい顔のヴィルヘルムが居る。常人ならぬ戦闘力を持つ二人の少女たちを相手にし、長剣《ちょうけん》を振り回しながらまったく息を切らしていない。

「そろそろ弾も尽《つ》きるのではないか？　そちらの《夜闇の血族》のお嬢《じょう》さんもお疲《つか》れのようだしな」

「………」

ルーナリアは無言。息を整えるだけで精一杯《せいいっぱい》の様子だった。〈狭霧の剣〉はルーナリアの魔力で維持されている。幻想種にとって魔力は生命力。ヴィルヘルムの魔剣と打ち合う度、ルーナリアは文字通り命を削っていた。

「もう止めないか？　そもそもこんな闘いには何の意味もない」

ヴィルヘルムは言った。

「なんなら〈朱い月牙〉はそちらのお嬢さんに返してもいい。人を操《あやつ》る手段なぞいくらでもあるからね。マリーア嬢もこの思考機関の価値は十分に分かるだろう？　発表しないなんてとんでもない事だよ。

どうだい？　君らからもライルくんを説得してくれないか？」

「「…………」」

マリーアとルーナリアは無言で顔を見合わせた。

そして、返事とばかりにそれぞれの武器を構え、同時に飛び出した。

ヴィルヘルムは小さな吐息《といき》を漏《も》らす。

「…………ふぅ。まったく……」

ルーナリアの繰り出した〈狭霧の剣〉を見詰《つ》めつつ、

「もはや消え去った同胞に義理立てして何になる？　時代に適応できなかったから淘汰さ

れた霧の血族なら、君も黙って消えされれば良かろうに」

「言ったはずです」

ヴィルヘルムの魔剣と言葉を真正面から受け止めつつ、ルーナリアは静かに吠えた。

「今の私には何の意味も価値もない――そんな事は私が一番分かってます」

「分かっててこんな戦いを？　理解できんな」

ヴィルヘルムは羽虫を追い払《はら》うように剣を振るった。

剣が掠めて体勢を崩すルーナリアに、仄赤い刃が駄目押《だめお》しに落とされる。だが、横合いから飛び出した銃剣《じゅうけん》がそれを防いだ。

「――理解できないといえば君だ、マリーア・ハイライン」

槍の如く突き出された銃剣を弾き、ヴィルヘルムは言った。

「君はライル・バルトシュタインに革命の旗手たるを望むのだろ？　いまがそれをなす絶好の機会だ。なのになんでそれを先送り――いや、潰えさせようなどと出来るのだ？」

「――いいかげんしろ！　このノータリン！」

ライフルを盾に魔剣を防ぎ、マリーアが噛みしめた歯を剥いて叫んだ。

「何度も言わせるな！　あんたにあたしの何が分かるってのよ！」

「分かるさ。君にはハイライン財団という後ろ盾があり、実務能力があり、高い運動能力と芸術的な身体がある。女という身分を逆用する強かさもある。君には能力があり価値がある。ライル・バルトシュタインの才能を十全に活用できる能力と価値が――」

「価値なんて知らないわよ！　あたしの価値はあたしが決める！　あたしの生き方もあたしが決める。うだうだ言うな！」

「才能は正しく活用されるべき宝だ。才能が己ひとりで左右されるなど、傲慢《ごうまん》以外の何物でもない。だからこそ正しく価値を知る者が管理すべきだ。君がそうしないなら――ライルくんは俺《おれ》が管理する」

「それこそふざけんなぁあああああ！」

マリーアは引き金を引きざま、怒《いか》りと銃弾を至近距離で叩き込んだ。

銃弾こそ避けたものの、耳元で生じた爆音にヴィルヘルムは顔をしかめた。

マリーアはさらに前進する。

「ふざけるな、ヴィルヘルム・ゼスト！　ライルをあんたの価値観で測るな！　ライルの真価があんたに分かるもんか！」

「……面白《おもしろ》いことを言う。この飛行戦艦を動かす思考機関。これをさらに超えるものが彼にはあるのか？　それはいったい――？」

「そんな事もわからないの？」

マリーアは、心底ヴィルヘルムを憐《あわ》れむように笑った。

「そんなの、〝優《やさ》しさ〟に決まってるじゃない！」

「……ふう。所詮は女の戯言か……やはり、君に彼は任せられんな！」

カウンター気味に、ヴィルヘルムの拳《こぶし》がマリーアに突《つ》き刺《さ》さる。

魔剣に注意を引きつけられていたマリーアが、くぐもった声を漏らし身体を折った。

「ライル・バルトシュタインの才能は、俺が十全に活用する！」

「こ、の――才能しか愛せない男がライルを語るな！」

「女の言うことかっ！」

「女だからよ！」

何とかライフルを掲げるものの、力が入らず簡単に弾かれる。

がら空きとなったマリーアの首に、魔剣が血を吸おうと突き出された。

「マリーア！」

飛び込んできたルーナリアが防ぐが、疲弊した彼女も一撃を受け止めるのが精いっぱいだった。

少女たちは重なるようにして甲板の床《ゆか》に倒《たお》れた。

「これで終わりだ」

ヴィルヘルムが魔剣を振《ふ》り上《あ》げた——その瞬間、

「！」

「きゃあ！」

床が、空中要塞そのものが大きく震え、遅《おく》れて重い音が響いた。

——ズッ——ヴゥゥゥンンッッ——！

絶妙《ぜつみょう》なタイミングで足元が揺《ゆ》らぎ、ヴィルヘルムの体勢が崩《くず》れた。全力の攻撃を放とうとしていただけに、致命的なまでの隙《すき》が生まれる。

「喰らえアホんだら！」

隙を逃さず、マリーアはライフルの引き金を引いた。

ライフリングによって回転する銃弾が、ヴィルヘルムの額を削《けず》り取る。

「ぬ——うっ⁉」

ヴィルヘルムはたまらずに大きく後退した。血がだらだらと流れ出す額を押さえながら、少女たちを横目に外の様子を窺った。

機関が停止し、飛行戦艦は惰性で空中をゆるゆる進んでいた。外に見えるのはいつの間にか草原ではなく、星の光を反射する水面となっている。

「……ホレ湖か」

王都の水源でもある、王都西北に位置する大きな湖だ。最大幅は五キロメートルに達し、最深部は二〇〇メートルに及ぶ。秘密のものを沈めるには絶好の場所だった。

最初の旋回は、もともとここを目指してのものだったらしい。あの少年はすでに〈巨人の王〉の処分場まで想定済みだったのだ。

「到達予測時間を正確に読んでの琥珀炉の破壊――どこまでも驚《おどろ》かしてくれる……」

思考機関の演算ホイール群も、蒸気圧の弱まりとともに回転が停滞し出す。あとはエンベロープのヘリウムガスを抜けば、鉄の装甲を纏った飛行戦艦は湖に沈《しず》むしかない。

〈巨人の王〉の命脈が断たれようとしていたが、ヴィルヘルムはまだ余裕《よゆう》を崩さなかった。たしかにあの軽装で琥珀炉が破壊されるなど思いもしなかったが、ライル・バルトシュタインがこのまま一人で逃《に》げるとは考えられない。必ず少女たちを助けに来る筈《はず》だった。

息を切らせて立ち上がった少女たちに、ヴィルヘルムは血に濡れた顔を向けた。

「あともうひと押し――決着をつけてやろう！」

ヴィルヘルムはたたみ掛けるべく矢継《つ》ぎ早に攻撃を繰り出した。

魔剣が唸り、マリーアとルーナリアに襲《おそ》いかかる。息を整える間もなく、二人は防戦一方に追い込まれた。

「手間取ったが、結局は何も変わりはない」

　ヴィルヘルム・ゼストは、こうと決めたものはすべて達成してきた。武芸も、礼儀《れいぎ》作法も、地位も、人脈も。

　もちろん、すべてが上手《うま》く行ったわけではない。だが、最後にはたゆまぬ努力と不屈の精神で成し遂げてきた。

「今回も変わらない――俺は獲得し続ける」

〝――何の為《ため》に、です？〟

　甲板に声が響《ひび》いた。

〝あなたは何の為に、そこまで力を欲するんですか？〟

　開放された伝声管を伝わってくるのは、間違《まちが》いなくライルの声だった。

「決まっているだろう！」

　必死に魔剣を防ぐ少女たちを睨《にら》みつつ、ヴィルヘルムは叫び返した。

「俺の〝価値〟の為だ！　俺は獲得し、上昇し続ける」

〝何処《どこ》までですか？〟

「――なに？」

〝あなたは何処まで到達すれば満足なんです？　ヴィルヘルム・ゼスト辺境伯《はく》？〟

「…………」

盲点を突かれたように、ヴィルヘルムは黙りこんだ。

数瞬遅れた剣撃の隙に、マリーアとルーナリアが反撃に転じる。

ヴィルヘルムはハッとして戦闘《せんとう》に集中した。

「ぬ……」

〝聞かせて下さい。あなたは何処を目指しているんですか？〟

「……思った以上に姑息な手を使うな。言葉で俺を惑わそうというのか？」

〝そう思うなら……っ、耳を塞げばいいだけです〟

通路を疾走する合間に見つけた、手近な伝声管に叫んでいるのだろう。ライルの声には激しい息遣いが混じっている。

〝けれど惑うというなら……あなたはどうして惑わなければならないのでしょうね？〟

だが息が途《と》切《ぎ》れがちだろうと、問い掛けはひたひたと容赦《ようしゃ》なく迫ってくる。

〝そもそも……あなたはあなた自身が望んで掴《つか》んだものが、ひとつでもあるんですか？〟

「なに？」

疑問を呈すヴィルヘルムの胸を〈狭霧の剣〉が掠めた。

痛みか困惑か、あるいはその両方にヴィルヘルムの顔が歪む。

「──俺は常に自分を戒めて鍛《きた》え上げた。ひたむきな意志があったからこそ、俺はこうして力を得ている！」

〝努力家なんですね〟

おざなりに『わぁお上手』と合いの手を入れるような調子だった。

〝けれど、あなたは本当に上昇《それ》を望んだのですか？〟

「くどい！」

こめかみを狙った銃剣を躱《かわ》しざま、ヴィルヘルムは叫んだ。

「俺の現在がその証明だ！」

〝本当に？〟

ライルは続ける。

〝『意志の堅さ』と『想《おも》いの強さ』は別物です。あなたには『到達《おわり》』がない。それは『想起《はじまり》』がないという事じゃないんですか？〟

「ぬ……」

〝あなたが言うすべては『するべきこと』に聞こえる……あなたの『したいこと』は何処にあるんです？〟

「ぬ、ぬぬぬっ……」

いつのまにか、ヴィルヘルムの口から呻《うめ》き声が漏れていた。

マリーアの銃《じゅう》も、ルーナリアの霧《きり》も、ヴィルヘルムには恐れるべきものではない。十分に対処できるものだ。

なのに、彼は呻き声を止められずにいた。

「ぬ、うう……?」

ヴィルヘルム・ゼストはすべてを手に入れてきた。

辺境伯の位もそうだ。ある時点で、自分の方が地位を上手く活用できるのが明白だった。

だから事故にしか見えない方法で父親を亡き者とし、辺境伯を世襲した。

だが辺境伯《それ》が欲しかったのかと問われれば、それは――

「う、うう……」

〝あなたの向上心と克己心《こっきしん》には尊敬の念を禁じ得ません、ヴィルヘルム・ゼスト〟

はじめてライルは、ヴィルヘルムを名前だけで呼んだ。

〝しかし残念ながら、あなたがその堅固な意志でどれほどのものを手に入れたとしても、けして満足なんてできないでしょう。どれほどの価値を積み上げようと――あなたには『野望』が欠落している〟

「う、うううううっ……!」

「……先ほどと逆ですね」

青息吐息《あおいきといき》のルーナリアが囁《ささや》く。

「言葉の刃はいかがです？」

「調子に乗るな！　旧時代の遺物が！」

ヴィルヘルムはカッと目を見開きルーナリアに斬りかかった。だが、魔剣《まけん》は霧の刃に受け止められる。

「……切れ味が鈍ってます」

と、ルーナリアの〈狭霧の剣〉がゆらりと形を変え、魔剣にがっちり巻き付いた。

「ぬっ、う……」

「せっかくのお顔が台無しよ、辺境伯閣下」

ルーナリアの頭上を飛び越える様にして、マリーアがライフルを突き出す。

「今度は張り手じゃすまないわよ！」

とっさに避《よ》けるが、銃弾《じゅうだん》はヴィルヘルムの右頬を削り取った。歯茎も露《あら》わに頬が裂《さ》ける。

「ぐぬっ――――おおおおおっ！」

力任せに少女らを振り払った。

彼女らも限界が近くよろめくものの、マリーアは最後の銃弾を装填し、ルーナリアは一際琥珀眼《こはくがん》を煌かせ、すぐさまヴィルヘルムに攻めかかる。

「……なんなんだ、お前たちは……」

ヴィルヘルムは片側が露わになった奥歯《おくば》を噛みしめた。

——なぜ、この少女たちはこうもしぶとい？

——なぜ、自分はこんなに手間取っている？

——なぜ、自分は——

「ぐっ、ぐぐぐっ……」

〝自分の価値は自分で作るもの。己《おのれ》の生きる意味は己自身で定義するもの。たとえそれが他人にはどれほど下らなく思えても〟

「お、俺は……」

〝あなたが自分の価値を分からないと言うのもそれです。あなたは自分が分からないんじゃない。ただ、自分がないだけなんですよ〟

いつの間にか防戦一方になっていた。

積み上げた戦闘理論も鍛え抜いた武力も曖昧《あいまい》になり、ヴィルヘルムは顔を強張《こわば》らせて必死に剣を振るう。

「なら……なら、君はどうだというんだ！」

ヴィルヘルムは血を吐《は》くように絶叫《ぜっきょう》した。

「君はいったい、何を目指している！　何を目的に生きている！　自分の価値をあっさり捨てされる、その拠り所はいったい何だ⁉」

余裕も優雅《ゆうが》さもかなぐり捨て、ヴィルヘルム・ゼストは咆哮する。

「答えろ！　ライル・バルトシュタイン！」

〝――僕《ぼく》が考えてる事なんて、とても当たり前な事ですよ。当たり前すぎて、笑ってしまうものです〟

激しい剣戟《けんげき》の音に紛《まぎ》れながら、ライルの声はやけにはっきりと響いた。

〝僕はただ――『人に優しくできる人間』でありたいだけです〟

「……なんだと……？」

ヴィルヘルムは状況《じょうきょう》を忘れ呆《ほう》けた声を漏らした。

「それだけ？　それだけの為に……？」

ライルの答えは、まるで親が子供に言い聞かせる常套句だ。

――だが、その当たり前を実践できる人間がどれだけいるだろう？

ヴィルヘルムは、自分が思い違《ちが》いをしていたのだとようやく気付いた。

ライル・バルトシュタインは、その才能に似合わない精神の持ち主だと思っていた。優《すぐ》れた頭脳と裏腹な平凡で普通《ふつう》な感性故に、その才能を発揮できないのだろうと。

とんでもなかった。

平凡で普通だったら、とっくに才能に喰い殺されている。彼《かれ》の見かけ上の印象は、普通人とは比べようのない、強烈《きようれつ》な『我』によって支えられている。

「こ、こんな……」

その『我』が最後の追い打ちを掛けた。

ヴィルヘルムは唐突《とうとつ》に寒々しさを覚えた。剣を握る手がぶるぶると震える。

彼はこれまで、何の悩《なや》みもなかった。自分のやっている事は『当然』なのだと思っていた。だから自信を持ってひたすら上昇し続けた。

だが今感じるのは、寄る辺を失った寒々しさだった。

当然の事――だが『当然』とはいったい何だ？

「お、俺は……⁉」

文字通り茫然自失したヴィルヘルムが気付いた時には、すでに勝負が着いていた。

左肩《かた》を銃弾が捕らえて身体が仰け反り、剣を握る右手が手首から寸断される。

血飛沫が舞《ま》い、鍛え抜《ぬ》かれた身体が宙を泳ぐ。

「ぐっ、お………」

ヴィルヘルムは、どぅ、と前のめりに崩れ落ちた。

床に、彼の血が水溜りのように広がってゆく。

「……………やった……」

マリーアが息を吐いた。ライフルを杖《つえ》代わりに身体を支える。

ルーナリアも琥珀眼の輝《かがや》きが消え、〈狭霧の剣〉の刀身も霧散《むさん》した。

二人の少女の荒い息遣いだけが、飛行戦艦の制御甲板《せいぎょかんぱん》に漂《ただよ》った。

「まったく……本物の化け物だったわ」

「ええ……ライル様の言葉がなかったら、とっくにやられてました」

マリーアとルーナリアは顔を見合せて笑い合った。

「さて……ライルが戻《もど》ってきたら――！」

「マリーア!?」

突如《とつじょ》跳ね飛ばされたマリーアに、ルーナリアが声を上げた。

「……………やってくれたな、小娘《こむすめ》どもォ……」

全身血まみれのヴィルヘルムが、悪鬼のように顔を歪《ゆが》ませて立ち上がっていた。あまりの禍々《まがまが》しさに悲鳴を上げかけたルーナリアの喉《のど》を、無事な左手ががっちりと絞《し》め上げた。

「かっ、は――」

ヴィルヘルムはルーナリアを引き摺り、立ち上がろうとするマリーアのもとへ行き着くと、彼女《かのじょ》の首にブーツの底を突き立てた。

「ぎっ――」

「ふざけるな……ふざけるな……！」

裂けた右頬《ほお》からぶつぶつと声を漏らし、ヴィルヘルムは少女たちに掛《か》けた力を強めた。

マリーアもルーナリアも顔を青褪《ざ》めさせた。苦悶を漏らす喉から、頸骨の悲鳴まで聞こえてくる。

「――ヴィルヘルム・ゼスト！」

今度は肉声だった。

顔を煤と埃《ほこり》に塗らせながら、ライル・バルトシュタインはまっすぐヴィルヘルム・ゼストを睨んだ。

機関部を破壊したライルは目に付く伝声管に手当たり次第に声を吹《ふ》き込みながら、制御甲板への道を走っていた。

「〝光の果て、闇《やみ》の果てに在りしもの。風の始まり、火の始まりを示すもの〟――」

走りながら、ライルは〈祈呪《オラシオ》〉を唱えた。彼の手に琥珀《こはく》はない。代わりにあるのは大口径の拳銃《けんじゅう》だけだ。

「〝朽《く》ちぬ黄昏《たそがれ》、まつろわぬ黄金。其は時の揺籃《ようらん》。異邦を優しく包みたもう。我らを優しく許したもう〟——」

ようやく制御甲板に戻ると、着いた筈の決着は最後の最後で逆転していた。

満身創痍のヴィルヘルムが、いまにも二人の少女を縊り殺さんとしていた。

「っ！　ヴィルヘルム・ゼスト！」

「……やぁ、ライルくん」

まるで別人みたいに凄絶《せいぜつ》な顔がこちらを向く。

「……君には驚かされる一方だ。俺を追い詰《つ》めたのはこの小娘たちじゃない……君だ。君の取るに足らない言葉だ」

ヴィルヘルムはくっくっと虚《うつ》ろに嗤った。

「あんな事を言われたのははじめてだ……だが、不思議だな？　なぜ誰《だれ》もあんな事を言わなかったんだ？」

「……それは、あなたがあまりに前向きな人間だからですよ」

ライルは少しだけ憐れむように目を細めた。

「いつも足踏みしてばかりの僕とは違う……あなたには人を牽引する意志もある。ただ一点——その意志に〝果て〟がなかったというだけで」

「ああ、そうだ……俺には目的なんて初めからない。要求された在り方に従って、手段《マニュアル》通りに動いていただけなんだろう……だがそんな俺に今はじめてと言って良いほど強烈に湧き上がるものがある。心底君を手に入れたいという、な」

ヴィルヘルムはギラギラとライルを見返した。

「世界は君に感謝すべきだろうな。君にそれほどの傲慢な優しさがなければ、世界はとっくに在り様を変えていただろう！　俺などが見極《みきわ》められるような、そんな小さな〝力〟じゃない……そんな君を、俺は心底欲《ほ》しいと思う！　これだけが今の俺の真実だ！　たとえ目的のない手段だとしても……！」

「…………」

「さあ、選んでもらおう……俺を受け入れ世界を変えてすべてを手に入れるか、俺を拒絶し世界を変えずにすべてを失うか！」

ひゅうひゅうと細い吐息《といき》を洩らす少女たちを示し、ヴィルヘルムは悪鬼のような表情を浮《う》かべた。

「今の俺でも、彼女らを道連れにするくらいは出来る。さあ、どうする!?」

「…………これが返事です」

ライルは静かに、手にした銃を持ち上げた。

「いいのか？　君の腕《うで》では彼女たちに当たってしまうかも知れないぞ？　正解とはとても思えんが」

「僕にとっての正解は、いつもひとつですよ」

そう言って、ライルは笑った。

ライルは拳銃の照準を、ゆっくりと横へ移動させた。

その狙《ねら》いに気付いたヴィルヘルムが、かっと目を見開く。

「やめろ……君は自分が何をしようとしているのか分かってるのか！」

「ええ。〝自分のつくったものには責任を持つ〟……とても当たり前の事です」

ライルは手の中の銃へ、〈祈呪〉の最後の一節を吹き込んだ。

「――〝其は境界の揺らめき。ならば理を超え時を超えよ。永久《とわ》の黄昏は今此処《ここ》に〟！」

ライルの手の中――大口径の単発式拳銃に込められた銃弾は、只《ただ》の銃弾ではない。

特別製の真銀合金弾頭《ミスリル・ブレット》。その内部に封じ込められた琥珀が臨界状態へ。

本来ならもろもろの外装機器による加熱加圧で引き起こされる琥珀の臨界遷移は、魔術《まじゅつ》師《し》たるライルによって急速に活性化する。

超々極小の琥珀炉というべき真銀合金弾頭内で、琥珀の魔力《まりょく》はあらゆるエネルギーの終着点――熱に変換《へんかん》されてゆく。

魔術《まじゅつ》と科学──二つの技術体系を融合させた、ライルにしか造れず操れない〈魔弾《フレイクーゲル》〉。〈巨人の王〉の機関中枢たる巨大《きょだい》な琥珀炉を破壊したのもこれだった。

ライルは思考機関へと〈魔弾〉を向ける。

「やめ──」

止めようとするヴィルヘルムに構わず、引き金を引いた。

初歩的かつ原始的な構造から撃《う》ち出された琥珀弾頭《こはくだんとう》は、ごくごく自然な放物線を描《えが》いて飛翔。ヴィルヘルムの脇を抜け、その後方──思考機関へと吸い込まれる。

命中した琥珀弾頭は、巧妙な力学構造によって内部の極小琥珀炉を圧縮させる。安定状態に在った琥珀が、すべてのエネルギーを一気に熱量に変換した。

熱はもとより、急激な空気の膨張が衝撃波《しょうげきは》を生んだ。

渦巻《うずま》く暴威《ぼうい》がシリンダーを溶かし、鍵盤《キーボード》を砕き、無数の歯車を弾き飛ばす。

パイプオルガンの如き様相を見せていた思考機関は、一瞬《いっしゅん》で粉微塵《こなみじん》に粉砕《ふんさい》された。

「お、おお……」

マリーアとルーナリアを放《ほう》り出し、ヴィルヘルムは破壊された思考機関に向き直った。

よろよろと、煙を上げる残骸に歩み寄ってゆく。

「お、おお……なんて、なんて事を……おおお……」

言葉よりもはるかに雄弁《ゆうべん》な〝答え〟に、ヴィルヘルムは打ちのめされていた。

彼がはじめて手にした望みが——ライル・バルトシュタインが手に入る事はけしてないのだと、完膚なく破壊された思考機関が語っていた。

それが、ヴィルヘルム・ゼストが経験した初めての〝絶望〟だった。

マリーアとルーナリアを道連れにする——そんな余裕など、粉微塵に吹き飛んでいた。

「……立てるかい、マリーア、ルーナリア」

ライルが呼《よ》び掛けると、二人の少女は気丈にも自分の足で立ち上がった。

「ええ、これくらい唾《つば》付けときゃ治るわ」

マリーアがそう言って笑う。

ルーナリアも、無表情ながら安心させるように頷《うなず》いた。

ライルはほっと胸を撫で下ろした。

〝——ライル〟

聞き覚えのある声が響き、ライルははっと顔を上げた。

〝——おそらくこれを聞くのは、お前だと思う〟

懐《なつ》かしい師の声——エルルーア・アゾートの声が響いた。

5

エルルーアと面識のあるマリーアが、突如《とつじょ》響《ひび》いた声に戸《と》惑《まど》った声を漏《も》らした。

「ライル、これ……」

ライルも茫然《ぼうぜん》としつつ、声の正体を察した。

おそらく、蓄音機──声や音を記録する何らかの装置が仕掛けられていたのだろう。

伝声管を通じて艦全体から、懐かしい師の声がライルに呼び掛けた。

〝──この声は思考機関が破壊された時に流されるようになっている。こんな発明を壊《こわ》そうなんて思って実行するのは、お前くらいのものだろうからな〟

そうだろう？　と問い掛けるエルルーアの無邪気《むじゃき》な笑《え》みが脳裏《のうり》に浮かんだ。

〝お前は悩んだだろうな。この思考機関、お前の子供みたいな存在を壊してしまった事に。だが、それでいい。こんなモノはまだこの世界じゃ百害あって一利なし、だろうからな〟

だったら何故《なぜ》造ったのか？　そう問いたくなるのを読んだように、

〝だったら何でこんな物を造ったのか、とお前は思うだろうな。まあそれはあたしの業《ごう》みたいなもんだ。目の前の面白《おもしろ》い物を、どうしても形にしてみたかった。せずにはいられなかった。研究者の性だな〟

自嘲《じちょう》めいた溜《た》め息まで精密に再生される。エルルーアの声は続けた。

〝……あたしは自分の考え付くままに様々な物を造り上げたが、その事自体の善悪や好悪なんて考えもしちゃいなかった。あたしの考えた物で何万人死のうが『知ったこっちゃない』と思ってた。まあ、ほとんどのヤツもそうだろうな。だがな——それは動物と同じだ。結局は『欲求の奴隷《どれい》』であるのに変わりはない〟

「…………」

〝あたしはお前もそうだと思ったが……どうやら違ったようだな。どうやらお前は相変わらずのお人好《ひとよ》しみたいだな〟

しょうがない奴《やつ》だなぁと苦笑《くしょう》するような響《ひび》きに、ライルもまた苦笑した。

〝——ライル。お前はまだ〝世界に優《やさ》しくありたい〟と願っているんだな？　それは茨の道だ。理性ある獣《けもの》たらんとして、それでもどうにもならない事だらけなのが人の世だ。だからライル、傷付く覚悟《かくご》は済ませておけよ？〟

「…………」

〝考え過ぎるな、なんて言わないよ。お前は人の何倍も頭がいいからね。だから考えて考えて、考え抜け。迷い続けろ。——ま、お前の特技なんてそれくらいだろう？〟

あはは、と笑い声が響く。

〝……与《あた》えられた才能に従うのは楽だろうが、楽に見える道ほど後戻り出来なくなるものだ。まぁ――頑張れよ〟

なんとも適当に別れを告げ、風が吹くような雑音ばかりが漂った。

「……相変わらず弟子馬鹿《でしばか》な人ね、あの方は」と、マリーアが言った。

この〈巨人の王〉が起動した際、真っ先に止めるのはライルだろうと信じていたのだ。

もし誰かがろくでもない使い方をしても、自分の弟子《でし》が止めてくれる。そんな他人任せな、けれど何処《どこ》までも弟子を信じたからこそ、こんな声を吹き込んで置いたのだ。

「……僕がお人好しなら、あなたは人騒がせですよ、師匠《せんせい》」

「では、似た者師弟だったのですね」

床《ゆか》に放り出されていた〈朱い月牙〉を抱《かか》えたルーナリアもライルの横にならび、無表情で辛辣な一言を漏らした。

「……人騒がせかなぁ……？」

「自覚がないのがその証拠です」

マリーアが声を上げて笑った。

ルーナリアは揶揄《やゆ》するように目尻を細める。

ライルは二人の反応が面白くなく、憮然《ぶぜん》と黙《だま》り込んだ。

〝――あ、なお、この記録音声《テープ》は飛行戦艦ごと自動的に消滅する〟

思い出したように響いた声に、三者ともにびしりと表情を凍りつかせた。

〝崩壊に巻き込まれない内に、速《すみ》やかに退避しろよ。それじゃあ、な〟

「ちょ――」

思わず口を衝《つ》いて出た文句を断ち切るように、ぶつり、と音声再生が終了した。

「……まぁ、この後の手間は省けるけど」

「なに冷静に言ってんの！」

マリーアが絶叫した。

制御甲板の大穴の向こうでは、黒い水面がどんどん迫《せま》ってくる。浮力が抜けているのだ。

「わ、私泳げません……！」

ルーナリアがはっきりと恐怖《きょうふ》に顔を強張らせた。

「に、逃《に》げなきゃ――！」

「あ、ああ。急いで逃げないと……！」

ライルは思考機関の残骸に目をやった。

「くっ、くく……まったく、こんな風に終わるとは……まったく！」

辺境伯《はく》の称号を受け継《つ》いだ青年は、腹を抱えて大笑いした。

「まったく！　ここまで思い通りにならなかったのは――ここまで完璧《かんぺき》に負けたのは初めてだよ！　は、はは……はははははははっ！」

左肩の銃創《じゅうそう》から、断《た》たれた右手首から、いまも血が流れ出して甲板《かんぱん》を濡《ぬ》らしている。自ら血を絞り出すように、ヴィルヘルムは笑い続けた。

「……すぐに止血を。あなたも一緒《いっしょ》に脱出《だっしゅつ》しましょう」

「ははっ！　君は優しいな……腹が立つほどに」

ヴィルヘルムはよろよろと、しかしはっきりと後ろへ――甲板の大穴へと後ずさった。

「優しさと傲慢《ごうまん》さは同じコインの裏表……君は気付いているか？　見返りを求めない優しさは、傲慢以外の何物でもないと」

「…………」

「俺《おれ》みたいな浅ましい人間には、その優しさは毒でしかない。君の優しさを受け取るのは、自分が『その他大勢の一人』でしかない事を認める事だからな……それだけは認める事は出来ん。それだけは決して……」

「やめ――」

飛び出そうとしたライルを、マリーアとルーナリアが押《お》し止めた。

満足顔のヴィルヘルムは、とうとう大穴の端《はし》に行き着いた。

「感謝するよ、お嬢《じょう》さん方……ライル・バルトシュタイン。これが俺の終点《おわり》だ」

ヴィルヘルムは、なんとも満足げに言い放った。

「だが、まだまだ君は終わらない！　これから多くの者たちが君に群がってくるだろう！　真なる《最後の魔女《まじょ》の遺産》たる君にな！　いつか俺のものにならなかった事を後悔《こうかい》するがいい！」

晴れやかな笑い声を上げ、ヴィルヘルム・ゼストは甲板から身を投げた。

暗闇《くらやみ》に飲み込まれ、その姿はすぐに消えさった。

「……ライル？」

「ライルさま……？」

「………大丈夫《だいじょうぶ》。大丈夫だよ、マリーア、ルーナリア」

自分を押さえる少女たちの手を叩《たた》き、ライルは安心させるように微笑《ほほえ》む。

「……行こう」

二人を促し、ライルは破壊された思考機関に背を向けた。

終章　少年と少女たち

王都の真新しい住宅地に、ひときわ新しいアパルトメントが建っている。それなりに高給取りの住人を見込んだ物件で、外の見栄えも清潔感と遊び心に富んでいた。

その、高級アパルトメントの最上階で、

「うっ、ううううう……ライルぅ～～」

一人の少女がガリガリと扉《とびら》に爪《つめ》を立てていた。

言うまでもなく、マリーア・ハイラインである。

首筋などに巻かれた包帯が見えるが、外に追い出された犬猫《ねこ》の風情《ふぜい》で、痛々しさは欠片もない。

「……何してるんですかお嬢さま」

氷の入った洗面器を持ったミラが、主のあられもない姿に溜め息を漏らした。

「み、ミラ！　大丈夫？　ライル大丈夫？　死んじゃったりしないわよねっ⁉」

「……さぁ、どうでしょうか」

沈痛な表情を見せるミラに、マリーアはあわあわと頭を抱えた。

「ああっ！　ライルぅぅううううう！　ミラ！　あたしに何かできることないの!?」

「そうですね……なら、ライルさまの研究室から溜まっている計算書類を持ってきては如何《いかが》です？　得意な事をしてれば、ライルさまの気分も多少は――」

「計算書類ね！　すぐ持ってくるわ！」

言うが早いか、マリーアは疾風の如く去っていった。

「……やれやれ。やっと静かになりました」

体良くマリーアを追っ払《ぱら》ったミラは扉を開いた。

高価ではあるが落ち着いた内装の客間。そのベッドの上から、

「うーん、うーん………あ、頭が熱い……全身も痛い……」

熱に浮かされた呻《うめ》き声が、陰々滅々《いんいんめつめつ》と響いていた。

ライルは羽毛《うもう》布団と毛布に首まで潜《もぐ》り込み、頭には氷嚢を載《の》っけていた。

思考機関を破壊され、あらゆる機構が停止しエンベロープの気体も排出された飛行戦艦〈巨人の王〉は、ホレ湖のど真ん中、もっとも水深の深い場所へと沈んでいった。

その飛行戦艦から辛くも逃げ延びてすでに三日、ライルはいまだ熱にうなされている。

春先の湖で泳げば無理もなかろうが、沈没に巻き込まれて諸共に沈《しず》む事を考えれば、許

容すべきダメージと言える。……当のライルがそう思うかはともかくとして。

「けれど、名誉の負傷と言えるかもしれませんね。女性二人を抱えてホレ湖を泳ぎ切ったんですから」

「う、うう……マリーアもルーナリアも、なんでよりによってカナヅチなんだ……」

ライルはくしゃみ混じりに呻いた。

「はいはい、良く頑張りました」

ミラはライルの氷嚢を換《か》えながら笑った。ライルの世話を焼くのが楽しいようだ。

甲斐甲斐《かいがい》しく看病しつつ、ミラはライルに話しかけた。

「戦いの様子はお嬢さまから聞きましたが、見事に相手の心の隙《すき》を突いたそうですね」

「……口先だけの情けない戦い方だけどね……」

熱に浮かされたライルは、ほとんど寝言《ねごと》みたいに口を開いた。

「……ミラ。僕《ぼく》は……傲慢かな……？」

「──さぁ、どうでしょうか」

ミラは少しだけ目を見張ったが、蒲団を直しながら優しい声で返事した。

「たぶん、傲慢といえば傲慢なんでしょう。非凡な才能を持ちながら何も成さない──もったいないとか、何様だの誹《そし》りは当然でしょうね」

「……うん……」

「けれど、良いじゃありませんか。それがライルさまなんですから。少なくとも、わたくしは嫌《きら》いじゃないですよ」

それに、とミラは心の中で付け加えた。

その傲慢な優しさがなかったら、ライルはきっと歯止めのきかない〝機械〟になってしまうだろう。ヴィルヘルムを追い詰めたように、あらゆる人間を『数値』と『計算式』で視る事になる。それが嫌《いや》だから、ライルは意図的にのんびりした生活を送っているのだ。

傲慢といえば、これほど傲慢な事はない。

だがそれらすべてをひっくるめて、マリーアも、ミラも、ライルが好きなのだ。

「まぁ……もうすこし女心ってやつに想《おも》いを馳せてもいいと思うのですけど、ね」

そのひっそりとした呟《つぶや》きは、熱に呻くライルには聞こえないようである。

「やれやれ……何はともあれ、まずは風邪を治さないとですね」

ミラはそう言うと、懐をごそごそとまさぐり、透明《とうめい》な液体の入ったガラス管を取り出した。蓋《ふた》を取り、熱に呻くライルの口へ注ぎ込む。

「ん……むぅ！　なっ、なんだこりゃぁああああああああああ！」

ほんの一口含《ふく》んだ途端《とたん》、ライルはベッドの上を転げまわった。熱で赤かった顔が、一気に青色に染め変わる。

「げはっ！　……あ、甘くて苦くて辛くて酸っぱくて塩っぽくてシュワシュワ……」

「母直伝の滋養強壮薬です。南方諸島に伝わる——人呼んで『死体起こし』」

「た、確かに死体も驚《おどろ》く味……」

「さぁさ、本当に大事なのはこれからです」

ミラはそう言うと、今度は弾丸《だんがん》状の固形薬を取り出した。

「この『死体起こし』は、上と下で一セットですから」

「し、下って……」

「ええ。もちろん、座薬ですわ」

ミラはにこにこと、虫も殺さぬ笑顔《えがお》でメイド服の袖《そで》を捲《まく》りあげた。

「さぁさぁライルさま、大人しくわたくしにおしりを差し出して下さいまし」

「う、上だけでいいです……」

「そうはまいりません。まだ顔が真っ青じゃありませんか」

「こ、これは薬のせい……」

「往生際が悪いですよ？　さぁ——力を抜《ぬ》いて身を委ねて下さいまし」

満開の向日葵《ひまわり》のような爛漫の笑みで、ミラはライルににじり寄るのだった。

「……これでよし、です」

数日かけた研究室の片付けを終え、ルーナリアはほっと息を吐《は》いた。

ひと息入れようとソファに座《すわ》ると、足元でカチャリと音がした。

「…………」

ルーナリアはソファの下に押し込んだ〈朱い月牙〉を取り上げた。

ヴィルヘルム・ゼストによって操られていたヴェルゲンハイムの生徒たちは、すでにルーナリアによって〝傀儡〟の魔術を解かれて普通《ふつう》の生活に戻《もど》っている。操られていた際の記憶《きおく》を失っているものの、楽しすぎて羽目を外し過ぎたくらいであっさり収まったようだ。

霧の血族《ネブラブルート》に伝わってきた《夜闇の血族《ノスフェラトウ》》の魔剣《まけん》――霧の血族もルーナリア一人となった今となっては無用の長物である。むしろヴィルヘルムのように悪用され、人間社会に混乱を起こす可能性すらある。

『いいんじゃないかな、別に』

風邪で朦朧としながら、ライルは言った。

『今回の事で唯一《ゆいいつ》の成果といったら、その剣《けん》を取り戻したくらいだからね。処分するなんて言われたら、僕の方が気を遣っちゃうよ』

やはり、彼《かれ》は『ルーナリアの為《ため》』なんて理屈《りくつ》は言わなかった。呆《あき》れるくらい――いや、怒《いか》りを覚えるくらいだ。

「……父様、母様、姉様……私は、あの方に付いて行こうと思います」

鞘に納められた〈朱い月牙〉を撫ぜ、ルーナリアはひっそりと呟いた。

「霧の血族ただ一人の生き残りが彼と出会ったのは、運命なのかも知れません」

自分の無力さはいまだ晴れない。だが、受け入れる事は出来るように思う。

無力で取るに足らないが、自分はやはり霧の血族たるを誇《ほこ》りに思っている。自分はそのただ一人の生き残り――それなら、見届けよう。

魔術と科学、その狭間で生きる《最後の魔女の弟子》――その行く末を。

もし自分が生き残った事に意味を見出すなら、きっとそういう事なのだろう。

「いえ……私がそう、決めました。私自身で……許してくれますか？」

無論返事はない――ハズだったが、

「いいんじゃない？」

と声が掛《か》かった。

ルーナリアが顔を上げると、開きっぱなしの扉に、マリーアが姿を見せていた。

「マリーアさ――」

「マリーア、よ……あの本の山だらけの部屋が、よくここまで綺麗《きれい》になったものね」
マリーアは部屋を見回しながら入ってくる。
「……七年前、かしらね」
と、マリーアは世間話のように語りはじめた。
「昔のあたしは、とんでもないお転婆のはねっかえりでね。貴族だお嬢様《じょうさま》だ何だなんての
は窮屈で、近所のガキをとっちめて女ガキ大将を気取ってた」
突然《とつぜん》何の話だろうと首を傾げるルーナリアに、マリーアは話を続けた。
「ある日、あたしが度胸試《だめ》しだって言い始めて冒険してたら、友達の女の子が大けがをし
てね。暗い森の中だった。転んだ拍子《ひょうし》に尖った石に頭を打ち付けたその子は、いっぱい血
を流してぴくりともしなかった。みんな唖然《あぜん》として突っ立ってたわ。その時、あたしが何
を思ってたかわかる？」
「その女の子の心配を――」
「『大人に怒られる』。真っ先に思ったのはそれだったわ」
「それは……」
「幼いから仕方ないって？　けど、あたしが卑怯者だってのは変わらない。今思い出して
も反吐が出るくらいの、ね。そんな中、最初に行動したのがライルだった。彼は怪我《けが》した

女の子に近寄って、隠《かく》し持っていた琥珀《こはく》で——魔術《まじゅつ》を使ったわ」

その時、マリーアははじめてライルの秘密を知ったのだ。

女の子はライルの魔術で応急処置され、その後はライルに先導されてみんな村へ戻った。

「女の子は助かって万々歳《ばんばんざい》。けど次の日から……ライルは村の友達に忌避《きひ》されるようになった。当然よね？　科学の進歩めざましき〈蒸機革命〉真っ只中《ただ》、魔術は妖《あや》しい悪魔《あくま》の業ってのが常識なんだから。そのすぐ後よ。ライルが王都に引っ越《こ》したのは」

突然のことで、マリーアが知ったのは彼らが引っ越した後だった。

彼女《かのじょ》が再びライルと顔を合わせたのはしばらく後、王都での事だった。

ライルとの久しぶりの再会に、幼いマリーアは自分のせいで棲家を追われたライルへの申し訳なさと、なにより見知ったはずの幼馴染《おさななじ》みの秘密に怯《おび》えていた。

「すぐにでも逃げ出したかった。けど、ライルは……あたしに大丈夫だよって言ってくれた。そして、こんな事を言った——」

『僕は後悔してない。僕は確かにあのとき、彼女を助ける事が出来た。命を救う事が出来た。だから後悔してないよ。マリーアが気に掛けるべきは彼女であって僕じゃないよ』

幼い——十歳弱の少年が発するとは思えぬ言葉だ。それくらいの年頃《としごろ》なら、友達を失う事は世界の崩壊に等しい筈《はず》だ。なのに後悔してないと語り、しかも幼いマリーアの罪悪感を完全には否定しない厳しい心遣いまでしてみせた。

「……それが『秘密』、ですか？」

「ええ。これがあたしの、一番の『秘密』」

寂しげな顔で、けれど胸は張らなくとも背筋を伸《の》ばしたライルが、後ろ向きな考えに凝《こ》り固まったマリーアの心を晴らしてくれた。

マリーア・ハイラインはその時初めて、ライル・バルトシュタインに恋《こい》をしたのだ。

「けれど……そんなに大事な思い出を、なんで私に」

「話すって約束したし、あんな告白聞いちゃったら、あたしが黙ってるのはフェアじゃないでしょ？　それに……ヴィルヘルムの言ったことも半分当たってるしね」

「？」

「『見返りを求めない優しさは、傲慢以外の何物でもない』、ってやつよ」

マリーアは伏し目がちに苦く笑った。

「ライルは基本的に、他人を頼《たよ》らない。思考機関《あんなもの》を考え出すくらいだもの。他人に出来ないことが出来て、他人の知らないことを知っている。だから他人を助けようと思っても、助けてもらおうとは思わない」

「だから、自分の行いを『偽善《ぎぜん》』と……？」

「ええ。ライルはたぶん、本質的に誰《だれ》も必要としていないわ」

「………」

ルーナリアは黙り込んだ。

マリーアの言葉は、好意の対象を評するにはあまりに辛辣だった。故《ゆえ》に——次の言葉をじっと待った。

「だから——そう、だからこそ、燃えるわ」

ルーナリアの予想通り、マリーアは挑戦《ちょうせん》的に笑った。

「そんなライルだからこそ、その優しさに理由を付けさせてやりたい——あたしをあいつに認めさせてやりたいって、そう思うわよね？」

「——はい」

ルーナリアは頷《うなず》いた。

不公平だと思った。自分だけが心を掻《か》き回されるのはくやしいと思った。

見届けたい——居座ってやりたいと決意したのも、そんな理由からだった。

「だから、ね。こういう言い方は適切かどうかは分からないけど……〝同志〟って気分なのよ」

「同志、ですか……？」

「同じ敵に挑む、ね」

そう言って、マリーアはからりと笑った。

「……私、こういう経験がないのでよく分らないのですが……」

何とはなしに胸元《むなもと》を押さえながら、ルーナリアは確認《かくにん》するように言葉を紡ぐ。

「同志というのは……〝友達〟、ということでしょうか？」

「まあ、同じようなもんね」

「わたし……友達なんて初めてです」

「ふぅん？　じゃあ、初めてだらけなのかしらね？」

「？」

「初めての友達で、初めての仲間で——初めての好敵手」

ルーナリアは瞬《まばた》きを忘れて、赤銅色《しゃくどういろ》の髪《かみ》の少女を見詰《みつ》めた。

「……あなた、ほんとうにすごい女性《ひと》なのですね」

「少なくとも、そう在ろうとは思ってるわ」

いつも幼馴染みのメイドへうろたえまくりの少女は、ざっと赤銅色の髪を掻き上《あ》げた。

「……ありがとうございます」

ルーナリアは頭を下げた。そして、マリーアを正面から見つめ返す。

「……これからも宜しくお願いします」

「ええ。これからもよろしく——ライルを恋に落とさせるまで、ね」

二人の少女は、どこかふてぶてしい微笑みを交《か》わし合った。

と、其処へ。

バタンっ！

「？　ライル？」

「ライルさま？」

少女たちは目を丸くして、飛び込んで来たライルを見据《す》えた。

さっきまで熱で呻いていたライルだが、外套《がいとう》をひっかけた彼はすっかり熱の引いた青い顔で息を切らしていた。

「……ああ、気にしないで。もうすっかり治った……気がするから」

何故《なぜ》かお尻を擦りながら、ライルは言い訳するように説明した。

「ふぅん？　まぁ、何はともあれ」

「来たら来たで、さっさと横になって下さい」

「……なんか、二人とも雰囲気《ふんいき》変わった？」

「そう？」

「気のせいではないですか？」

困惑顔のライルに構わず、マリーアとルーナリアは示し合わせたようにライルの両腕《りょううで》をそれぞれ掴《つか》み、部屋の奥《おく》のソファへ連行した。

「……やっぱり、なんかあった？」

「「さぁ？」」

空とぼけた少女たちの答えに、ライルはますます腑に落ちない顔になる。

「そんなに気になるの？」

「それは、そうだろう？」

ライルは当たり前だと頷いた。

「精神衛生が悪いと、おちおち風邪も治せないよ」

ライルの言葉に、二人は視線を交わし、

「――残念ながら『秘密』、よ」

「……せいぜい、気に掛けて下さい」

マリーアは悪戯《いたずら》っぽく、ルーナリアは皮肉げに、くすくすと笑いを漏《も》らした。

ライルはそんな少女たちの様子に、拗《す》ねたように唇《くちびる》を尖《とが》らせた。

そんなライルを見て、少女たちはさらに笑う。

《最後の魔女の弟子《でし》》の部屋に、少女たちの笑い声がいつまでも響《ひび》いた。

〈Disciple of The Last Hex〉 closed.

独白鳥のモノローグ

このあとがきを読んでいるあなた。なにはともあれ帯《おび》を捲《めく》ってみて下さい。

え？　ええ、表紙の帯です、オビ。捲ってみると、
破けた黒タイツから白い太ももがっ！

何を隠そう、僕はこいつが好物でして……外れかけのガーターベルトと甲乙競います。

――と、そうそう。ガーターベルトと言えば、

「ガーターベルト、いいよね」

「いいですね。奔放《ほんぽう》なお嬢様《じょうさま》がばっとスカートたくし上げてデリンジャーとかね」

「王道だねぇ――じゃ、そんな感じで」

……信じられる？　ホントにこんな感じではじまったのよ、このハナシ？

で、可愛い女の子たちが純朴《じゅんぼく》っぽい男の子を仲良く取り合う話が出来上がりました。

白い娘（黒タイツ）も赤い娘（ガーターベルト）も一生懸命《いっしょうけんめい》な子たちなので、作中のメイドみたいに生温か～く愛《め》でてやって下さいませ。

二〇一二年春　翅田《はねた》　大介《だいすけ》

◆ご意見、ご感想をお寄せください……ファンレターのあて先◆

〒151－0053　東京都渋谷区代々木2－15－8
(株)ホビージャパン　HJ文庫編集部
翅田大介 先生／大場陽炎 先生

HJ文庫
383

月花の歌姫と魔技の王

2012年6月1日　初版発行

著者――翅田大介

発行者―松下大介
発行所―株式会社ホビージャパン

〒151-0053
東京都渋谷区代々木2－15－8
電話　03(5304)7604（編集）
　　　03(5304)9112（営業）

印刷所――大日本印刷株式会社

乱丁・落丁（本のページの順序の間違いや抜け落ち）は購入された店舗名を明記して
当社パブリッシングサービス課までお送りください。送料は当社負担でお取り替えいたします。
但し、古書店で購入したものについてはお取り替えできません。

定価はカバーに明記してあります。

Printed in Japan
ISBN978-4-7986-0413-8　C0193